平安宮廷の
表と裏

語りたくなる
紫式部《むらさきしきぶ》

吉井美弥子 監修

主婦と生活社

紫式部を知るための5つのキーワード

紫式部はどのような人物で、平安という時代にどのように生きたのでしょうか。5つのキーワードからその人生を探ってみましょう。

1

秀才キャリアウーマン

幼いころから漢籍[*1]の才能に秀でていた。その評判は宮中にまで届き、ついには宮仕えの女房《にょうぼう》[*2]となる。いまでいう華やかな「キャリアウーマン」？

2

地味で真面目

宮仕えの女房という職に就いてはいたが、紫式部は元来、内向的な性格。宮中の人々の陰口に傷ついて引きこもったことも。物事を悲観的にとらえがち……？

3

プライドとコンプレックス

平安貴族社会で生きた紫式部は、自身の才能に自負がありながらも、男性貴族や同僚女房たちに嫌悪感やコンプレックスを抱くこともあった。

4

人気作家・歌人

紫式部は当時の貴族の間で評判になる『源氏物語』を書き上げた。そこには800首近い和歌が収められている。また、紫式部による和歌は勅撰集《ちょくせんしゅう》*3や『小倉《おぐら》百人一首』*4にも収められている。

5

知性に裏打ちされた鋭い観察眼

紫式部による『源氏物語』と『紫式部日記』。いずれも、これ以上ないほどに、人間の欲望や運命、そして世の中を鋭く観察し、丁寧に描き出している。

*1 **漢籍**
漢文で書かれた中国の書物。平安貴族の教養として、男性が身につけるべきものの1つとされていた。

*2 **女房**
主人に仕える侍女。

*3 **勅撰集**
天皇の命により編纂された和歌集。

*4 **『小倉百人一首』**
百人の和歌を1人につき一首ずつ選んでつくられた私撰集。藤《ふじ》原 定家《わらのさだいえ》による編纂とされている。

紫式部が平安宮廷の恋と政治を描いた『源氏物語』

『源氏物語』は、映画やマンガになり、教科書にも採用されている、世界に誇る古典文学の名作です。この作者とされるのが、紫式部なのです。

時代を超えて読み継がれ愛される『源氏物語』

『源氏物語』は、その原本はすでに失われていますが、代わりに数多の人が書き写した写本によっていまに物語を伝えています。また、平安時代以降は、さまざまな美術作品として描かれてきました。

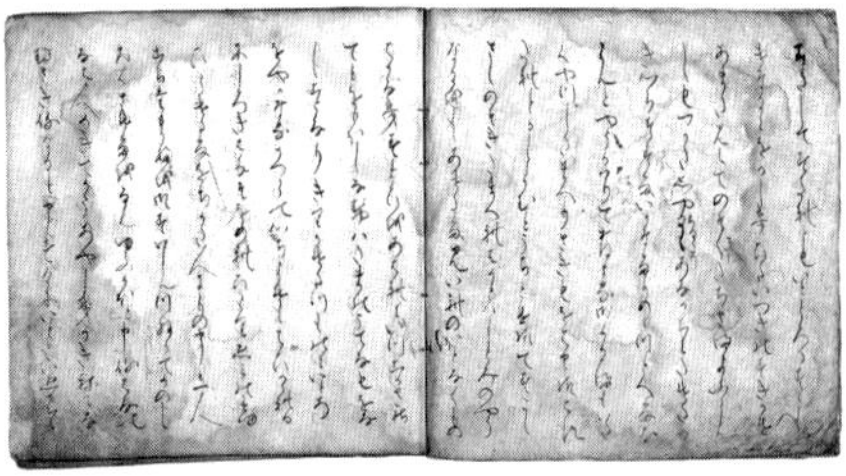

『源氏物語』夕顔巻の古写本。鎌倉時代に書写された。

土佐光吉《とさみつよし》による「源氏物語絵色紙帖 夕顔」。重要文化財として京都国立博物館蔵。

日本を代表する古典文学『源氏物語』

紫式部によって平安時代中期の11世紀初めに成立した『源氏物語』。54帖《じょう》（巻）という長編で、４００字詰原稿用紙で２５００枚ほどといわれています。今日では三部に分けてとらえるのが一般的とされています。

主人公光源氏《ひかるげんじ》の誕生から晩年までとその次世代の70年あまり、４代の天皇

第一部

〈帖（巻）名〉

桐壺《きりつぼ》

帚木三帖
帚木《ははきぎ》
空蝉《うつせみ》
夕顔《ゆうがお》

若紫《わかむらさき》
末摘花《すえつむはな》
紅葉賀《もみじのが》
花宴《はなのえん》
葵《あおい》
賢木《さかき》
花散里《はなちるさと》
須磨《すま》
明石《あかし》
澪標《みおつくし》
蓬生《よもぎう》
関屋《せきや》
絵合《えあわせ》
松風《まつかぜ》
薄雲《うすぐも》
朝顔《あさがお》
少女《をとめ》

玉鬘十帖
玉鬘《たまかずら》
初音《はつね》
胡蝶《こちょう》
蛍《ほたる》
常夏《とこなつ》
篝火《かがりび》
野分《のわき》
行幸《みゆき》
藤袴《ふじばかま》
真木柱《まきばしら》

梅枝《うめがえ》
藤裏葉《ふじのうらば》

『源氏物語』では、各帖（巻）にそれぞれ名前がつけられている。第一部は、光源氏の誕生から、多くの恋愛や流離を経験しながら、宮廷において栄華を極めるさまが描かれる。

第二部

若菜《わかな》（上・下）
柏木《かしわぎ》
横笛《よこぶえ》
鈴虫《すずむし》
夕霧《ゆうぎり》
御法《みのり》
幻《まぼろし》

第二部は、栄華を極めた光源氏が最愛の妻を亡くし人生の終幕へ向かう物語。

第三部

匂宮三帖
匂宮《におうのみや》
紅梅《こうばい》
竹河《たけかわ》

宇治十帖
橋姫《はしひめ》
椎本《しいがもと》
総角《あげまき》
早蕨《さわらび》
宿木《やどりぎ》
東屋《あずまや》
浮舟《うきふね》
蜻蛉《かげろう》
手習《てならい》
夢浮橋《ゆめのうきはし》

第三部は、光源氏が没したあとの時代が舞台。光源氏の孫世代の恋模様を中心に描かれる。

にわたる物語です。内容は恋愛だけでなく、政治や社会などにも目を向けた多様な側面をもち合わせています。

紫式部を有名にした物語

『源氏物語』は平安京を主な舞台としています。当時の文化や風俗の他、男女関係や親子関係、性差、権力構造など、現代に通ずるテーマも多く描かれています。

その繊細な心理描写やリアリティ、さまざまな恋愛模様が、次第に宮中で評判になっていきました。藤原道長《ふじわらのみちなが》をはじめとした男性貴族たちにも読まれたようです。

紫式部をめぐる男たち

『源氏物語』ではめくるめく恋愛模様がリアリティをもって生き生きと描かれています。では、紫式部自身の恋愛はどうだったのでしょう。

20歳年の離れた宣孝と結婚し早々にシングルマザーに

紫式部は20代半ばごろに藤原《ふじわらの》宣孝《のぶたか》と結婚します。このとき、宣孝は40代半ばごろになっており、すでに3人の妻と嫡男《ちゃくなん》がいました。紫式部は正妻ではなかったのです。

さらに、宣孝は他にも多くの女性と恋愛していたようです。一人娘の賢子《けんし》をもうけましたが、結婚からわずか3年後、宣孝は伝染病により亡くなってしまいます。

藤原宣孝

結婚

親子ほど年の差のある2人。夫が妻のもとに通う「通い婚」の形態をとっていたが、宣孝の足は遠のくこともあった。紫式部による自撰歌集『紫式部集』では、宣孝が紫式部のもとを訪れなかった言い訳に対しての返歌として、以下の歌が詠まれている。

紫式部

しののめの
空霧りわたり いつしかと
秋のけしきに 世はなりにけり

（夜明けの空に霧が立ち込め早くも秋の景色になった。あなたは早くも私に飽きてしまったのですね）

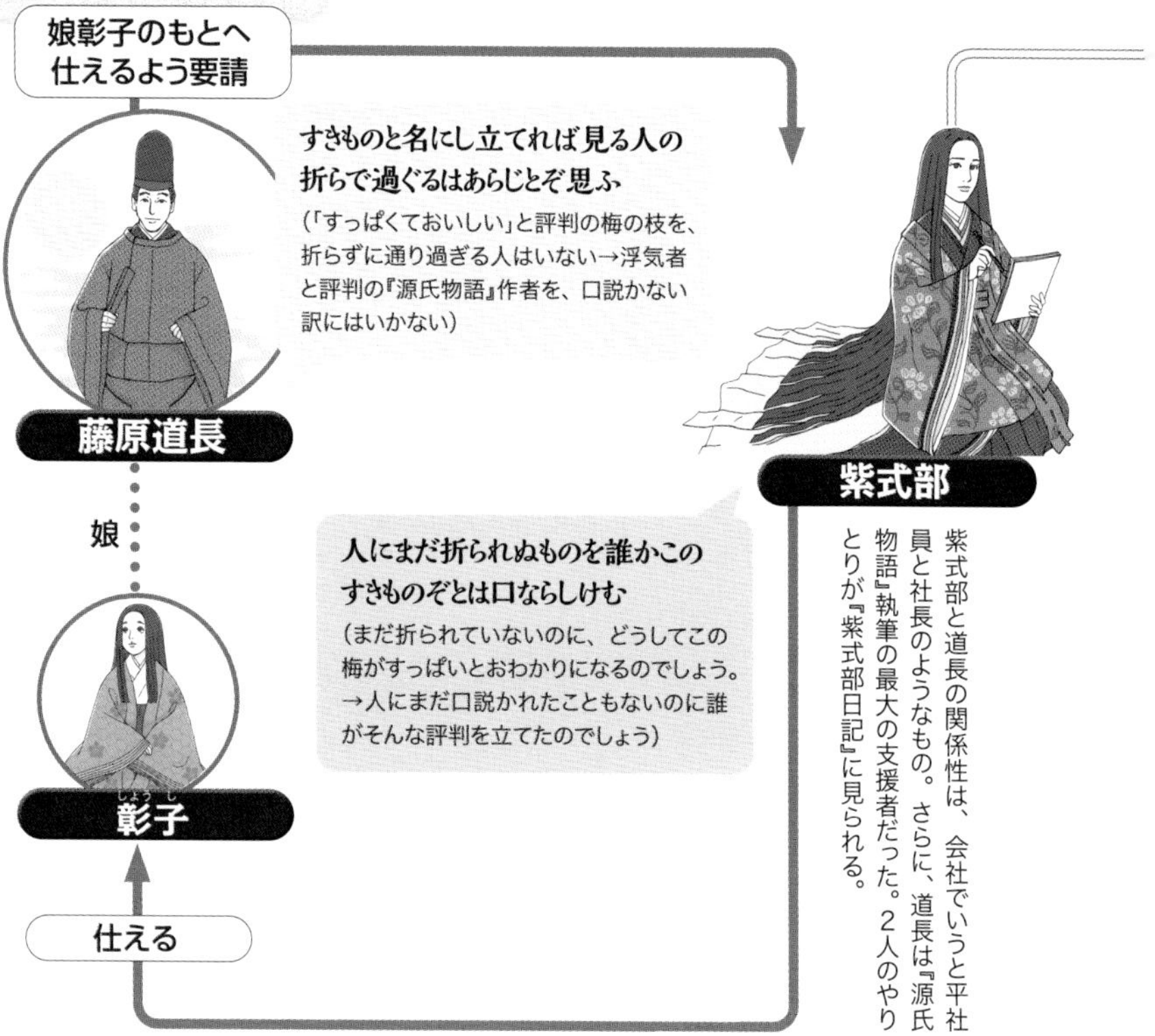

娘彰子のもとへ仕えるよう要請

（「すっぱくておいしい」と評判の梅の枝を、折らずに通り過ぎる人はいない→浮気者と評判の『源氏物語』作者を、口説かない訳にはいかない）

人にまだ折られぬものを誰かこのすきものぞとは口ならしけむ
（まだ折られていないのに、どうしてこの梅がすっぱいとおわかりになるのでしょう。→人にまだ口説かれたこともないのに誰がそんな評判を立てたのでしょう）
紫式部と道長の関係性は、会社でいうと平社員と社長のようなもの。さらに、道長は『源氏物語』執筆の最大の支援者だった。2人のやりとりが『紫式部日記』に見られる。

道長？公任？紫式部の恋人はいかに

当時の結婚は、家柄によって親同士が決めたものがほとんどでした。

では、紫式部と恋愛関係にあった人はいたのでしょうか。

その相手としてもっとも名前が挙がるのが藤原道長《ふじわらのみちなが》です。

他に、藤原公任《ふじわらのきんとう》や紀時文《きのときぶみ》が語られることもありますが、いずれにせよ、夫以外に浮いた話がさほどない紫式部。彼女の真面目さが垣間見えます。

紫式部が活躍した時代と一条朝

日本独自の文化や政治体制が育った平安時代。なかでも、紫式部が活躍した平安時代中期は、数々の魅力的な文学作品が成立しました。

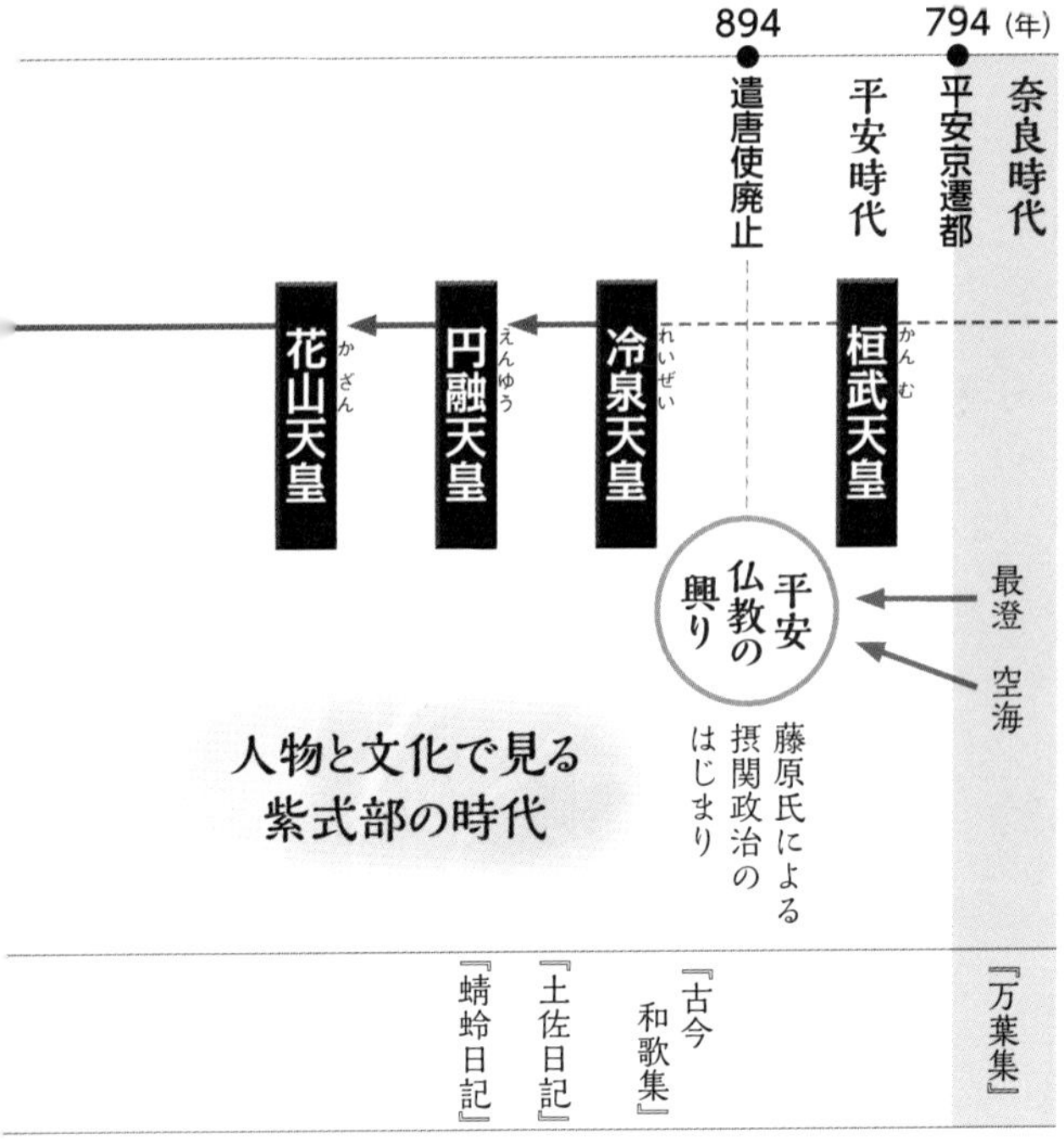

平安時代は、７９４年から約４００年近くにわたります。

平安時代前期 ７９４年、桓武《かんむ》天皇は京都の平安京へ遷都し、律令制度の再建を試みます。桓武天皇による保護のもと、最澄《さいちょう》や空海《くうかい》による仏教文化が花開きます。しかし、次第に貴族である藤原氏が朝廷で権力を握りはじめ、ついには皇族ではない藤原氏が摂政《せっしょう》や関白《かんぱく》という地位に就く摂関《せっかん》政治が行われるようになります。

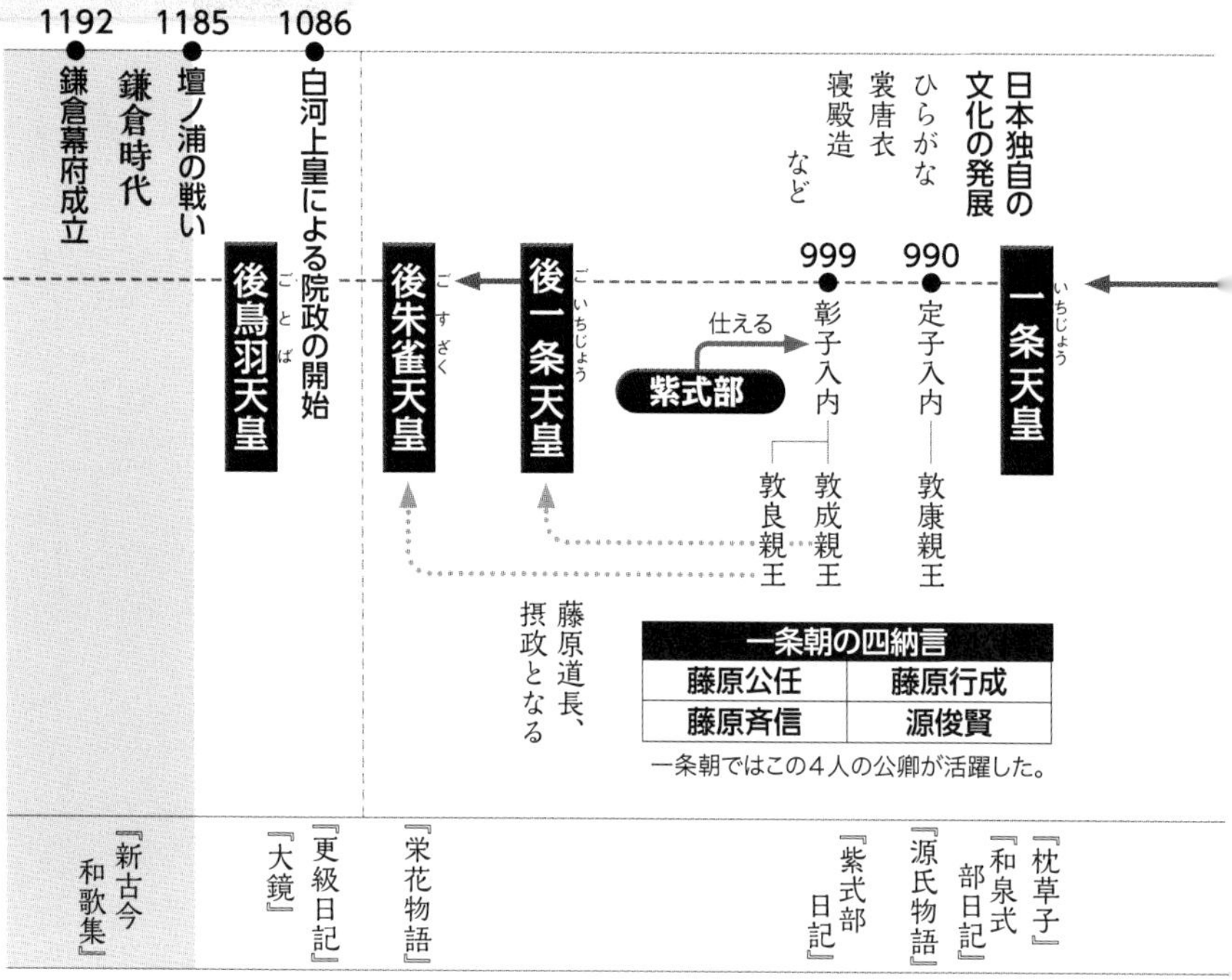

平安時代中期　８９４年に遣唐使が廃止されたことにより、日本独自の文化が発達していくこととなります。このころに活躍したのが紫式部でした。

紫式部は１００１年ごろに『源氏物語』の執筆をはじめ、１００５年に宮仕えをはじめたとされています。このころ、摂関政治が本格化し、藤原道長《ふじわらのみちなが》が栄華を極めることとなります。

紫式部の宮仕えは少なくとも１０１３年ごろまで続きます。

平安時代後期　天皇が譲位して上皇となる院政《いんせい》という政治体制が確立し、藤原氏による摂関政治が崩壊。やがて、武士が台頭するようになっていきます。

貴族たちの教養と文化を育む後宮サロン

平安中期は、中宮や皇后を中心とするサロン文化が栄え、やがて、平安文学の担い手となる女房や貴族女性が登場していきます。

定子サロン

彰子入内の翌年、定子は一条天皇との3人目の子を出産したあとに亡くなる。それと同時に定子サロンは自然に消滅する。

清少納言《せいしょうなごん》

平安時代の女性の社交場だった後宮サロン

一条《いちじょう》天皇の時代の後宮《こうきゅう》には、本来1人しかいないはずの后《きさき》が2人並び立っていました。1人は定子《ていし》。もう1人は彰子《しょうし》です。

9世紀後半の宮廷では、歌合《うたあわせ》や管絃《かんげん》といった遊芸が盛んになり、後宮の后たちにも和歌や琴などの素養があることが1つのステータスになっていました。次第

選子内親王サロン

一条天皇の2代前の円融天皇の時代から、5代にわたり斎院《さいいん》(賀茂神社に奉仕する未婚の皇女)を務めるうちにサロンが形成される。

彰子サロン

紫式部の他、和泉式部《いずみしきぶ》、赤染衛門《あかぞめえもん》、伊勢大輔《いせのたいふ》などの歌人として知られる女房たちを擁した。

清少納言は選子内親王について、『枕草子』で「理想的な宮仕え先」として挙げている。

紫式部

道長に、文才が評価され彰子のもとに仕えるようになった。

にその傾向が顕著になり、后を中心とした文化サロンが生まれることとなります。

この時代には3つのサロンが存在しました。まずは、第62代村上《むらかみ》天皇の第10皇女である選子内親王《せんしないしんのう》のサロン。次に定子サロン。定子は入内《じゅだい》した時点では唯一の后で、他と競う必要はありませんでしたが、積極的に知性と教養のある女房たちを集めサロンをつくり上げました。

やがて、藤原道長《ふじわらのみちなが》の娘・彰子が入内することとなります。道長は彰子の立場をより強固なものにすべく、紫式部をはじめ多くの文化人を彰子のサロンに仕えさせます。

吉井先生に聞く！

もっとおもしろくなる『源氏物語』の読み方

本書の監修者である吉井美弥子先生に、『源氏物語』初心者の人も、すでに読んだことがある人も、物語や時代背景への理解を深めてさらにおもしろく読むためのお話を聞きました。

吉井美弥子先生

✲光源氏の女性関係と紫の上

▼『源氏物語』といえば光源氏《ひかるげんじ》ですが、今回は少し視点を変えて、ヒロインである紫《むらさき》の上《うえ》のエピソードを中心に、当時の男女関係や婚姻のあり方について、お話を伺いたいと思います。

吉井美弥子先生、以下（吉） 紫の上は高校の教科書でもとり上げられることが多く、10歳ほどのいきいきとした少女として物語に登場します。その後、光源氏に引きとられ、ときを経て結ばれますが、光源氏と夫婦の関係になってからの紫の上は悲しんだり悩んだりすることが多くなりますね。

▼光源氏が浮気しすぎるから？（笑）

（吉）『源氏物語』が書かれた平安時代の男性貴族たちは、上流であるほど一夫多妻であることが一般的でした。一夫一妻多妾《たしょう》と見るべき、という説もありますが、ともあれ光源氏が多くの女性と深い関係になることは、平安貴族の常識としては咎《とが》められることではなかったのです。いまならあっという間に「大炎上」して謝罪会見、となりそうですが（笑）。

▼紫の上は光源氏の女性関係に平気でいられたということでしょうか？

(吉) いいえ、時代の常識はともかく、人はいまと同じように傷つくし、悩みも嫉妬もします。紫の上も、理解はしていても、とても穏やかな思いではいられませんでした。

✲紫の上の苦悩とは？

▼その後、光源氏は年若い女三《おんなさん》の宮《みや》を妻として迎えてしまいます。

(吉) 事情があったとはいえ、光源氏が女三の宮との結婚を決めてしまった。長年連れ添って自他ともに認める光源氏の最愛の妻という立場で過ごしてきた紫の上にとっては青天の霹靂《へきれき》！

▼女三の宮は紫の上の妻の立場を脅かすことになるのですか？

(吉) 女三の宮は、朱雀院《すざくいん》の姫宮という圧倒的に高い身分の女性です。しかも、この結婚は正式なものです。

▼正式な結婚とはどんなものなのですか？

(吉) 当時の正式な結婚は、男性側も女性側も親が決めて成り立ちます。互いに、身分や経済状況などの条件を考えに入れます。「婿取婚《むこどりこん》」といわれるように、女性の親は、娘の婿となる男性を決める際には、将来出世しそうかどうかなどを見極めていたわけです。

▼紫の上は違っていたということですか？

(吉) 紫の上の場合は、光源氏が引きとってそのまま暮らし、その後、妻としてから、紫の上の父親に伝えるという変則的なものでした。正式な結婚によって身分の高い女三の宮が光源氏の妻となると、紫の上は光源氏の一番の妻という立場ではなくなってしまいます。紫の上には光源氏との間に子どももなかったため、この結婚は、これまでの紫の上の立場の不安定さを暴くものとなったのです。

▼ **それで紫の上の苦悩が深まったのですか?**

(吉) 妻の立場が揺らいだことへのショックもさることながら、深い愛情とともに信頼関係を築けたと思っていた光源氏への失望と落胆が大きかったといえるでしょう。その後、紫の上は苦悩のうちに体調を崩していきます。

✻紫の上は幸せだったか?

▼ **紫の上は幸せではなかったのでしょうか?**

(吉) 難しいところですね。紫の上を光源氏が引きとったことについて「少女誘拐!」という人もいたりしますけれど、それは現代的な受けとめ方。あのとき光源氏が紫の上を連れ出さなければ、実母を亡くしていた紫の上は父親のもとに引きとられ、継母にいじめられる人生を歩むことになったはず。継母にあたる女性はそんな人として書かれていますので。でも、紫の上は光源氏のもとで理想的に育てられ、誰もが賞賛するすばらしい女性になった。光源氏に誰よりも愛された。そう考えれば幸せだったともいえます。「幸せ」の定義自体、時代の価値観によっても、そもそも個人によっても異なりますので、紫の上の場合も簡単にはいえませんよね。

✻『源氏物語』を伝えた功労者・藤原定家

▼ **ところで、『源氏物語』は大長編ですが、これはどのようにいまに伝わったのでしょうか?**

(吉) 実は、『源氏物語』の原作は、私たちがいま読んでいるものとは違っていたかもしれません。当時、物語は人が手で書き写して広まりました。

そこで、ちょっと写し間違えたり書きかえたり、といったことが大いにありました。

▼「ここはいくらなんでも光源氏が悪い。ちょっと変えちゃおう」とか（笑）

(吉) そこまではしなかったかと思いますが（笑）、ありえないことではなかった。『源氏物語』の場合は幸いにも、何種類も出回っていた写本を鎌倉時代初期に藤原定家《ふじわらのさだいえ》（歌人。『小倉百人一首』の撰者）が見比べて整理し、いわば決定版をまとめました。青表紙本といわれます。その後、これがまた多くの人の手によって書き写されて伝えられていきました。いま私たちが目にする『源氏物語』の多くはこの青表紙本によっています。

▼定家は『源氏物語』の功労者ですね！

(吉) そう！　定家が頑張ってくれて本当によかった（笑）。

平安時代から人気の物語!?

▼定家より前の、平安時代でも『源氏物語』はすでに人気があったのでしょうか？

(吉) 紫式部の時代は、物語は女・子どもの娯楽といった格のものでした。でも『源氏物語』は女性たちだけでなく、一条天皇や藤原道長といったまさに当代一流の男性たちにも読まれたようです。『源氏物語』によって、物語というジャンルが一気に格上げされたというところでしょうか。『源氏物語』が書かれて50年ほど経ったころに『更級日記《さらしなにっき》』が書かれています。この作者は、若いころを回想して、ずっと読みたかったあこがれの『源氏物語』を手に入れて読むことができたとき、「それはもう何より最高！」とつづっています。「『源氏物語』推し女子」がすでに平安時代にいたことがわかります！

■もくじ

二 平安宮廷で活躍した人々と紫式部

三 現代の目で見る『源氏物語』

四

平安宮廷の日常を伝える『紫式部日記』

五

紫式部ゆかりの地を訪ねて

一

紫式部の半生

――女性の歴史の変換期を生きる

紫式部の生まれと育ち

✿歌人を多く輩出する学者の名門家系

紫式部《むらさきしきぶ》は藤原北家《ほっけ》に属する家に生まれています。

藤原氏は、大化《たいか》の改新《かいしん》*1で名を揚げた藤原鎌足《ふじわらのかまたり》から続く系譜で、貴族の中でも主流派の一族でした。平安時代には、藤原氏の系統は名門と傍流《ぼうりゅう》とに分かれていましたが、藤原北家はいわゆる名門でした。

藤原北家の始祖は藤原冬嗣《ふじわらのふゆつぐ》。都が奈良（平城京）から京都（平安京）に移って間もないころに天皇の側近となった人物です。紫式部は冬嗣の三男・良門《よしかど》から数えて5代目にあたります。

この北家は、26ページの家系図を見ると、もともとは政治的にも文化的にも大変な名家であることがわかります。

天皇と婚姻関係を結んだ人物が1人ならずいますし、「この世をば

---

*1 **大化の改新**
645年、天皇家が当時の豪族蘇我《そが》氏から政権をとり戻し行われた一連の改革。

わが世とぞ思ふ」と詠んだ大貴族、藤原道長《ふじわらのみちなが》もこの北家の出身です。三十六歌仙＊2に数えられた藤原兼輔《ふじわらのかねすけ》を有し、紫式部の祖父や伯父も歌人で、父の藤原為時《ふじわらのためとき》も『新古今和歌集《しんこきんわかしゅう》』＊3に和歌が収められており、和歌の分野でも大変優秀な家系なのです。

もともとの家柄は申し分ありませんでしたが、紫式部の祖父のころには、すでに中流貴族へと零落し、官職も失っていました。

紫式部の父・為時は、若いころから熱心に歴史や漢学を学び、学者という立場で式部丞《しきぶのじょう》という官位を賜り、宮中に仕えます。

「紫式部」というのは、本名ではなく伺候名《しこうな》でした。

伺候名とは父親や夫の役職にちなむもので、紫式部の場合は父親が式部丞という役職についていたことがあったからだといわれています。紫式部の実家は藤原姓だったため、当初は「藤式部《とうのしきぶ》」と呼ばれていたようです。

紫式部となった経緯は定かではありませんが、『源氏物語』の登場

解説

＊2 **三十六歌仙**
藤原公任《ふじわらのきんとう》が「優れた歌人」として選んだ36人の総称。

＊3 **『新古今和歌集』**
鎌倉時代初期に編纂された全20巻の勅撰和歌集。

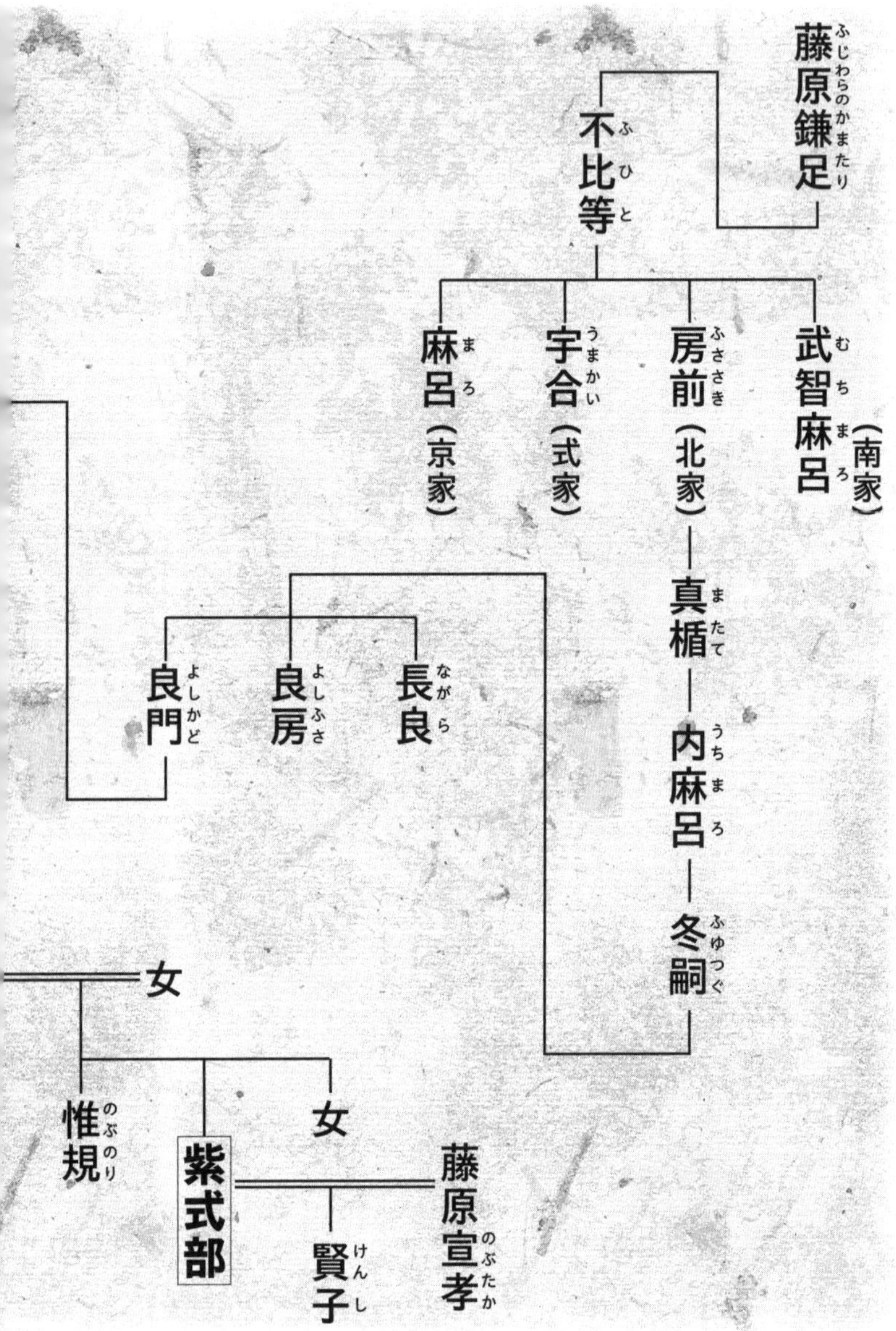
藤原鎌足《ふじわらのかまたり》
不比等《ふひと》
武智麻呂《むちまろ》（南家）
房前《ふささき》（北家）
宇合《うまかい》（式家）
麻呂《まろ》（京家）
真楯《またて》
内麻呂《うちまろ》
冬嗣《ふゆつぐ》
長良《ながら》
良房《よしふさ》
良門《よしかど》
女
惟規《のぶのり》
紫式部
女
藤原宣孝《のぶたか》
賢子《けんし》

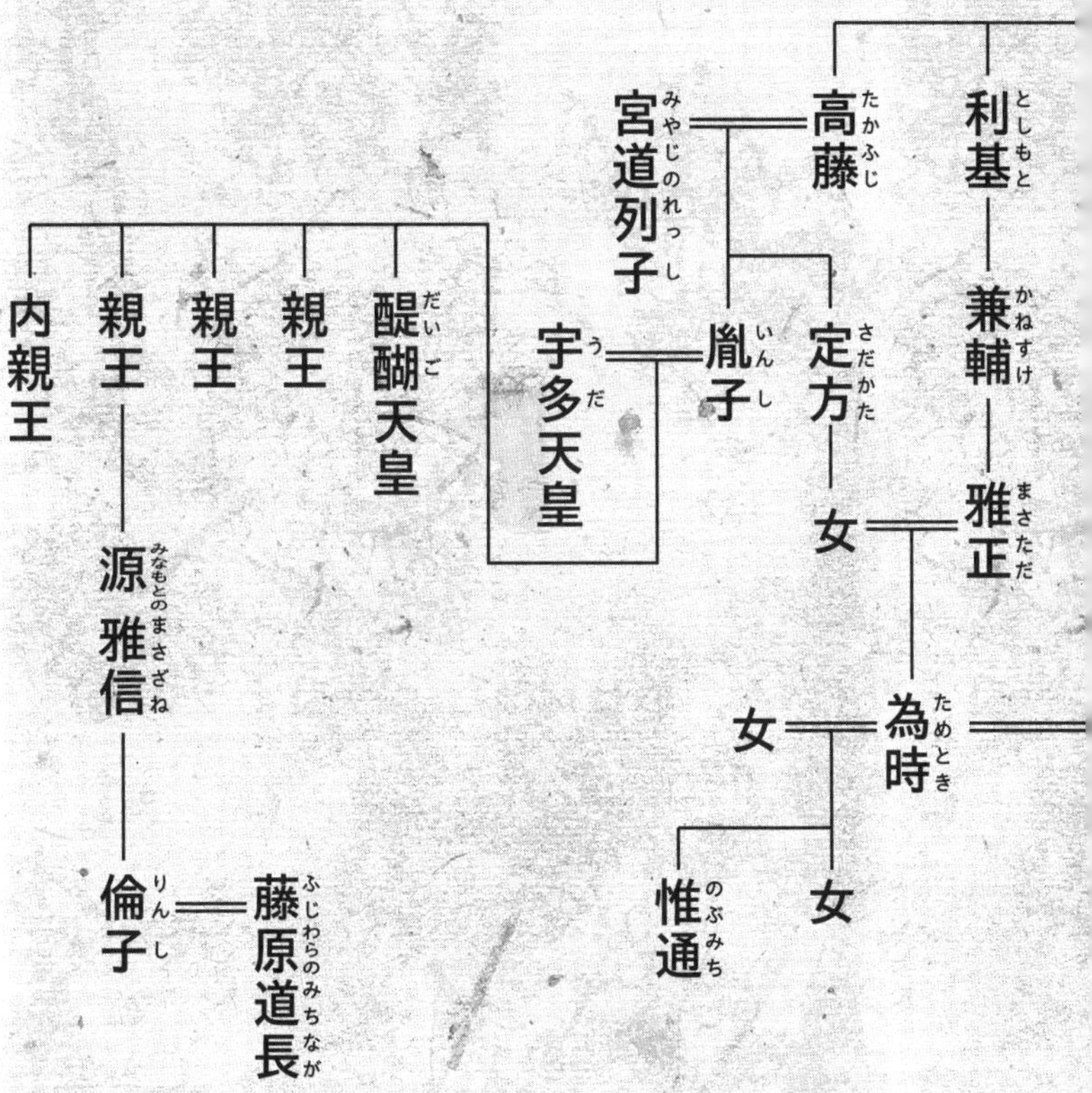
利基《としもと》
兼輔《かねすけ》
雅正《まさただ》
高藤《たかふじ》
宮道列子《みやじのれっし》
定方《さだかた》
女
胤子《いんし》
宇多天皇《うだ》
醍醐天皇《だいご》
親王
親王
親王
内親王
源雅信《みなもとのまさざね》
倫子《りんし》
藤原道長《ふじわらのみちなが》
為時《ためとき》
女
女
惟通《のぶみち》

人物である紫の上、あるいは『源氏物語』の異称である「紫のゆかり」にちなんだといった説があります。

❀実母を知らずに育った幼少期

紫式部はいまから１０５０年以上前の９７０年代半ばに生まれたといわれています。

父の為時は地方に派遣される受領《ずりょう》階級の役人で、地位はさほど高くありませんでした。母もまた、藤原冬嗣の末裔の娘で、紫式部の姉と弟の惟規《のぶのり》を産んでいます。

母親は惟規を出産して間もなく、紫式部が幼いころに亡くなったと伝えられています。

その後、為時は別の女性のもとに通い、数人の子どもをもうけましたが、新しい妻とは同居はしなかったようです。紫式部は実母を知らずに育ちます。そのため、彼女の子ども時代*4に大きな影響を与え

---

*4 **子ども時代**
父為時は花山天皇が東宮のころに副侍読《ふくじどく》という学問を教える職に就いていた。また、紫式部が幼少期を過ごしたとされる盧山寺《ろざんじ》（詳しくは１８０ページ）は京都御所に隣接している。

たのは、父の為時でした。

名門の流れを汲《く》む一族をなんとか引き上げようと、為時が熱心に打ち込んだのが学問です。平安貴族の教養として必須科目であった漢学を学び、優れた文人となります。天皇の側近くに仕えたこともある為時は、やがて、自宅で息子の惟規に漢籍を教えます。

❁弟を差し置いて……

しかし、惟規よりも早く習い覚えてしまったのが紫式部でした。

『紫式部日記』*5の中には、「弟は漢籍を読むのに時間がかかったり忘れたりした所も、私は不思議なほど理解できたのです。学問に熱心だった父は、『残念だ。お前が息子でないのが、私の不運だよ』といつもお嘆きでしたわ」という一節があります。

このような逸話を日記に書きつけるところには、自身の知性に対する紫式部の並々ならぬ自負が感じられます。

解説
*5『紫式部日記』
紫式部が、1008年7月から1010年正月ごろまでのことを書き記したとされる日記。

平安時代の女性には名前がなかった？

女性作家の本名がわからないわけ

紫式部や清少納言など、現代に名を残す平安の女性たちはすべて本名がわかりません。実はそのもととなった風習は明治期まで続いていました。

✿親の役職名や家族との関係で呼んでいた

「紫式部」というのが本名でないことは前述のとおりです。

紫式部と並び称される平安時代の女房、清《せい》少納言《しょうなごん》も例に漏れません。清少納言の「清」は実家の清原姓に由来します。下の名は男性親族の官職名からとることが多いのですが、彼女の近い親族に少納言職を務めた人物はおらず、この部分は謎に包まれています。

赤染衛門《あかぞめえもん》、和泉式部《いずみしきぶ》も親族の役職にからめた名前です。藤原道綱母《ふじわらのみちつなのはは》（『蜻蛉日記《かげろうにっき》』の作者）、菅原孝標女《すがわらのたかすえのむすめ》（『更級日記《さらしなにっき》』の作者）のように家族との関係で呼ばれるケースも含め、平安時代の女性たちの本名はいずれも不明です。

当時、人を本名で呼ぶのは、大変失礼なことでした。苗字ではない下の名前のことを「諱《いみな》」といいますが、これが「忌《い》み名」に通じるとして、口にすることが憚《はばか》られていました。

当時の女性は社会的に活動することが極めて稀であり、また、宮中でいかに有名になろうと、后妃《こうひ》などごく一部の特別な女性以外は名前など素性に関する記録がほとんどないのです。これは、平安時代に生きた女性のさだめともいえるかもしれません。

戸籍制度が整った明治時代に消えた風習

『源氏物語』の登場人物も、本名をフルネームで呼ばれる人はいません。

光源氏《ひかるげんじ》の苗字は「源《みなもと》」ですが、「光《ひかる》」は名前ではなく「光り輝くような源氏の君」といった意味でしょう。光源氏の母・桐壺更衣《きりつぼのこうい》は「桐壺に住む更衣」の意味ですし、桐壺更衣をいじめる弘徽殿女御《こきでんのにょうご》は「弘徽殿に住む女御」です。紫の上《むらさきのうえ》、明石の君《あかしのきみ》、頭中将《とうのちゅうじょう》、髭黒大将《ひげくろのだいしょう》など、いずれもその人のイメージや出身地、官職などに由来する名で呼ばれています。

本名を明らかにしない風習は、別名を名乗るなど形を変えてその後もしばらくは残りました。

この風習が完全に消えたのは、明治時代に戸籍制度が整い、本名と別名の同時登録が禁じられてから。わりあい最近のことなのです。

紫式部の青春、恋愛、結婚

❀恋より学問、で婚期を逃す?

10代後半ごろでの結婚*6が当たり前の平安時代にあって、紫式部の結婚は20代半ばごろとされています。現代ならごく普通の年齢ですが、当時は相当の晩婚でした。

物心もつかない時期に母を亡くした紫式部には、姉がいました。しかしその姉も若くして亡くなります。父・為時《ためとき》、弟・惟規《のぶのり》という家族と一緒に過ごす紫式部の興味は、恋愛や結婚よりも学問にあったかもしれません。当時、漢字を使うのは男性とされていましたが、紫式部はそうした男性的な教養を存分に吸収できる環境にいました。なにしろ、学者の父は「お前が男だったら」と、息子をくさしながら嘆いていたのですから。

---

*6 **結婚**
平安貴族は、男子は元服《げんぷく》（女子は裳着《もぎ》）という成人の儀を終えると、結婚が許されるようになる。男子だと11～16歳、女子だと12～14歳ごろ。ただし、当時の貴族の実際の結婚年齢を見てみると、藤原道長《ふじわらのみちなが》は22歳で源倫子《みなもとのりんし》と、藤原兼家《ふじわらのかねいえ》は26歳で藤原道綱母《ふじわらのみちつなのはは》と、清少納言《せいしょうなごん》の夫である橘則光《たちばなののりみつ》は17歳で、とかなりばらつきがある。※結婚年齢には諸説あり。

後年、彼女は、「さぞアタマがよろしいんでしょと皮肉を言われるから、『一』という漢字でさえ書かないでいます」といったことを『紫式部日記』に書いていますが、娘時代にはそうした屈託もなく、ぐんぐん知識を吸収したのでしょう。結婚が遅かったのは、娘の結婚を気にかける母親が不在だったことと、そうしたことにまで気の回らない学者肌の父の影響も大きかったのかもしれません。

こうして婚期を逃した紫式部＊7は、越前守《えちぜんのかみ》＊8に任ぜられた父・為時に従って北陸地方に向かいます。そしてこのころ、彼女に熱心に言い寄る男性が現れたのです。のちに夫となる藤原宣孝《ふじわらののぶたか》でした。

❀陽気で大胆、押しの強い男との年の差婚

藤原宣孝は、紫式部の又従兄弟に当たる人物です。紫式部とは20歳近く年が離れており、このときすでに40代半ば。当時の貴族の例に漏れず、妻も数人いました。

解説

＊7 婚期を逃した紫式部
当時の宮中の女性では、藤原定子が15歳ごろ、藤原彰子が12歳ごろ、清少納言が16歳ごろ、和泉式部が19歳ごろ、赤染衛門が22歳ごろにそれぞれ結婚していたとされる。紫式部が藤原宣孝と結婚したのは20代半ば～後半。

＊8 越前守
越前（いまの福井県のあたり）の行政を担い統治する中央から遣わされた役人。

宣孝の性格は豪放磊落《ごうほうらいらく》で陽気。地味な服装で厳かに参るものだとされていた金峯山《きんぷせん》*9に、「粗末な格好じゃご利益もない!」と、派手な姿で行った逸話が『枕草子《まくらのそうし》』*10に書かれています。宣孝の姿に周囲は驚き、冷ややかな目を向けます。しかし、金峯山詣の後日、宣孝は昇進することとなり、図らずもご利益を得た格好となったのです。

女性に対してもマメで、遠く北陸の地にいる紫式部には京の都から何度も手紙を出しています。浮気を疑われると憤慨してみせ、手紙に朱を垂らして「これは私の涙の色です」などということをシレッとやったりもします。

学問好きで内省的な紫式部は、自分にはない宣孝の陽気さ、大胆さ、エネルギッシュなたたずまいに惹《ひ》かれたのかもしれません。父を越前に残し、帰京して宣孝と結婚します。

通い婚の当時、紫式部は宣孝が立ち寄るのを家で待つ立場でした。結婚後間もないころには、「私より他の女がよいなんて思わないで」

*9 **金峯山**
古代より、修験道の聖域とされてきた奈良県吉野に位置する山。

*10 **『枕草子』**
平安時代中期、清少納言が執筆したとされる随筆。『源氏物語』と並ぶ、平安時代の一大文学作品。

「他の女よりきみのことをずっと長く思い続けるよ」という紫式部と宣孝の和歌のやりとりが残っています。

❁夫の死が生み出した『源氏物語』

宣孝との結婚生活は順調で、賢子《けんし》という女の子も生まれましたが、幸せな暮らしは突然終わりを告げます。宣孝が病に倒れて急逝したのです。

当時の平安京では天然痘が大流行しており、宣孝もこれに罹ったようです。紫式部が30歳のころ、3年に満たない短い結婚生活でした。

紫式部が『源氏物語』を書きはじめたのは結婚後とされており、本格的にとり組み出したのは、夫の死後だといわれています。

その後、紫式部は宣孝の死の4年ほどあと、藤原道長に請われて中宮彰子《ぐうしょうし》に仕えることになります。すでに文才が話題*11になりはじめており、道長もその才能を見込んで要請したのです。

解説

*11 **文才が話題**
『源氏物語』は書かれた当初から人気で、一条天皇も愛読者だった。「歴史書にも精通した作者だ」と感嘆されたことを『紫式部日記』に記している。

後宮に勤める――宮仕え生活

本当はしたくなかった宮仕え

このころ、自分の娘を天皇に嫁がせて権力を手にする、外戚政治《がいせきせいじ》が盛んに行われていました。道長《みちなが》は娘の彰子《しょうし》を入内《じゅだい》させますが、夫である一条《いちじょう》天皇は、道長の姪《めい》である皇后定子《こうごうていし》を深く愛していた*12と伝えられます。定子は彰子の入内後1年ほどで亡くなりますが、理知的で多くの人に慕われていた定子の記憶を拭い去り、1日も早く彰子に男児を産ませたいのが道長の本音でした。

彰子の入内にあたり、世話をする女房に気品や品格を求めた道長は、良家の子女を多く選出しています。ところがこの「お嬢様」たち、仕事人としてはまことに頼りになりませんでした。『紫式部日記』には、「まともな応対もできず、お高くとまって部屋に引っ込んでいる」の

*12 **皇后定子を深く愛していた**
『枕草子』では、一条天皇が、昼食時に片付けが終わるのも待たずに定子のもとを訪れたことや、定子が家族と歓談している最中に寝所に誘いにやってきて、さらには夜も寝所に呼び寄せたことなどが語られている。

はよくないと、厳しい言葉が並んでいます。後宮《こうきゅう》を訪れる貴族たちにも評判が悪かった*13ようです。

そこで道長が目をつけたのが、才女とされる女性たちでした。文才があることで知られはじめていた紫式部もその1人。彼女を仕えさせ、彰子の後宮に文化の香りをとり入れようというわけです。左大臣という絶対的な権力者である道長の意向には逆らえず、紫式部は気乗りのしないまま宮仕えをはじめます。

『紫式部日記』には、宮中での年の瀬の賑わいの中、女房たちの喜ぶ声を聞きながら、次のような歌を詠んだと記されています。

年くれてわが世ふけゆく風の音に　心のうちのすさまじきかな

（今年も暮れて私も老いてゆく。吹きすさぶ風の音を聞いていると荒涼とした思いになることだ）

解説

*13 **評判が悪かった**
彰子のまわりの女房たちも、もともとは活発な雰囲気もあったようだ。『紫式部日記』には、ある日、1人の女房が行事などの折に失敗したことにより、彰子とその一帯に極度に失敗を恐れ、自己主張を控えるような風潮や内気な雰囲気ができあがっていったのではと記されている。

❁博学がアダとなり、出仕直後に引きこもり

しかし、彼女が宮仕えになじむまでには時間がかかりました。お嬢様女房や実務派のベテラン女房たちが、教養を鼻にかけた嫌味なインテリ女が来るのではないかと身構えていたからのようです。

しかし、紫式部は夫を亡くし、いまだに心に「憂《う》さ」を抱えていたと思われます。初出仕はギスギスしたもの[*14]となり、仕えて数日後には宿下がりして自宅に引きこもってしまいます。その後、彰子や同僚である女房たちからの手紙を受けとり、半年ほどしてようやく宮中へ復帰することとなります。

紫式部は少しずつ女房生活に慣れていきますが、周囲からは博識であることをからかわれたり、皮肉られたりしていたようです。

同僚女房の1人は、天皇が『源氏物語』に対して「この作者は日本書紀を読んでいるのだね」と感心したと知り、紫式部に〝日本紀《にほんぎ》の御《み》

---

*14 **初出仕はギスギスしたもの** 紫式部は出仕早々、女房たちに無視されたという。

局《つぼね》（日本書紀の女房様）〟というあだ名をつけています。

こういった雰囲気を感じとり、紫式部はあえて少しぼんやりした人間であるかのように振る舞っていました。彰子に請われて漢詩文を教えた際にも、進講[*15]を人に知られないようにしており、こういった努力のおかげか、次第に周囲にも受け入れられていったようです。

宮廷の人々を冷静に観察する批評家

そんな紫式部ですが、打ち解けて話す仲間も少しずつできていきました。宮仕えから3年ほどたってから書きはじめられたとされる『紫式部日記』には、好ましく思っている女房仲間の様子がつづられています。

「宰相の君／ふっくらとした方。口元は高貴で華やかな雰囲気。小少将の君／上品で優雅。奥ゆかしくて控えめで、心配なほど。宮の内侍

*15 **進講**
天皇や貴人へ学問などを講義すること。

／小ぎれいで素敵。気立てもよく女房のお手本のような人。宮の内侍の妹／ふっくらし過ぎで、にっこりすると魅力がたっぷり。」

目立たないようにしていた紫式部でしたが、その実、しっかりと人間観察をしていました。『紫式部日記』にはこうした人物評が時折出てきますが、中には手厳しくこき下ろされる人[*16]も。

自分の意見や感想を、読んだ人が正確に理解できるように書き残す——現代でもなかなかの難題を、女性が学問に励むことをよしとしなかった時代にやってのけた紫式部は、やはりたいへん優秀な女性だったといえるでしょう。

❁尊敬する彰子のために

紫式部が主人である彰子のことを大変尊敬し、盛り立てたいと考えていたことは、『紫式部日記』から読みとれます。

---

*16 **手厳しくこき下ろされる人**
斎院に仕えていた中《ちゅう》将《じょう》の君について、「自分だけがものの情趣を知っている、斎院様こそがすばらしいなどと、自分や仕える先ばかりを自慢しているが、大した和歌を詠んでいるわけではない」と批判している。中将の君は紫式部の弟惟規《のぶのり》の恋人だったかといわれる。

彰子は、亡くなった皇后定子に思いを残す一条天皇との間に、なかなか子どもを授かりませんでした。入内9年にしてようやく男児（後の後一条天皇《ごいちじょう》）誕生となった際の出産前後の様子、華々しい祝宴の数々、彰子の健気さ、紫式部が彰子に仕えたことを心から幸せに思う様子などが、多くの紙面を割いて描かれています。

こうした思いを抱いていた紫式部は、お嬢様女房ののんびりした様子*17や、彰子をおとしめようとする他の後宮女房の言動にいらだち、身を粉にして働きます。

出産後の彰子が内裏《だいり》（皇居）に戻る際には、『源氏物語』の美しくとじた冊子づくりにいそしみ、一条天皇への手土産にしたのではないかというエピソードなどからも、その心意気がうかがえます。心ある女房たちにサポートされて彰子は次第にその存在感を増してゆき、出産の翌年には再び男児（のちの後朱雀《ごすざく》天皇）を産んでいます。

解説

*17 **のんびりした様子**
出産を間近に控え体調も芳しくないであろう彰子の傍らで、たわいない雑談をする女房たちと、まわりに配慮し自身の状態を隠しているような彰子の様子が記されている。

いまでいう朝活は当たり前。超朝型の平安貴族の1日

王朝文化に欠かせない存在なのが「女房」という職業婦人です。貴人に仕える女房の暮らしぶりを残された資料から推察すると、現代との違いに驚かされます。

家柄によってランクづけされた女房たち

紫式部が就いた女房《にょうぼう》という職は、お屋敷に部屋（房）を与えられて住み込みで働いていた女性のことです。

後宮で働く女性にはランクがあり、１００人以上が働いていました。その地位は、親の身分や家柄で決まります。

中宮彰子に仕える紫式部は中ランクの女房で、彰子を訪ねてくる人とのとり次ぎや男性からの文を届けたり、忍んでくる男性を主の寝所に手引きしたりするのも女房でした。

当時は、女性が人前に姿をさらして顔を見

られるのは、恥ずかしいこととされていました。紫式部が宮仕えを渋ったのは、こうした価値観もあったからでしょう。

✿昼の12時には仕事が終わっていた!?

女房の暮らしぶりを知る手がかりになりそうなのが、道長の祖父である藤原師輔《ふじわらのもろすけ》が書き残した家訓『九条殿遺誡《くじょうどのゆいかい》』です。ここには男性貴族の1日の流れが記されていますが、起床はなんと朝の3時。朝食や身支度を終えて6時には出勤し、12時には退勤。その後は自由時間で、知人と情報交換したり、趣味や勉強にあてたりしていました。就寝は18時ごろだったようです。

そもそも、当時は1日のはじまりが現在の「午前三時」と考えられていたため、現代の時間感覚とは大きく異なる部分があります。

いずれにせよ、現代の私たちから見れば、男性貴族の暮らしは超朝型といえます。となれば、女性もおそらくそれに合わせて暮らしていたと考えられ、女房である紫式部も早朝から仕事に励んでいたのではないでしょうか。

〈平安の男性貴族の1日〉

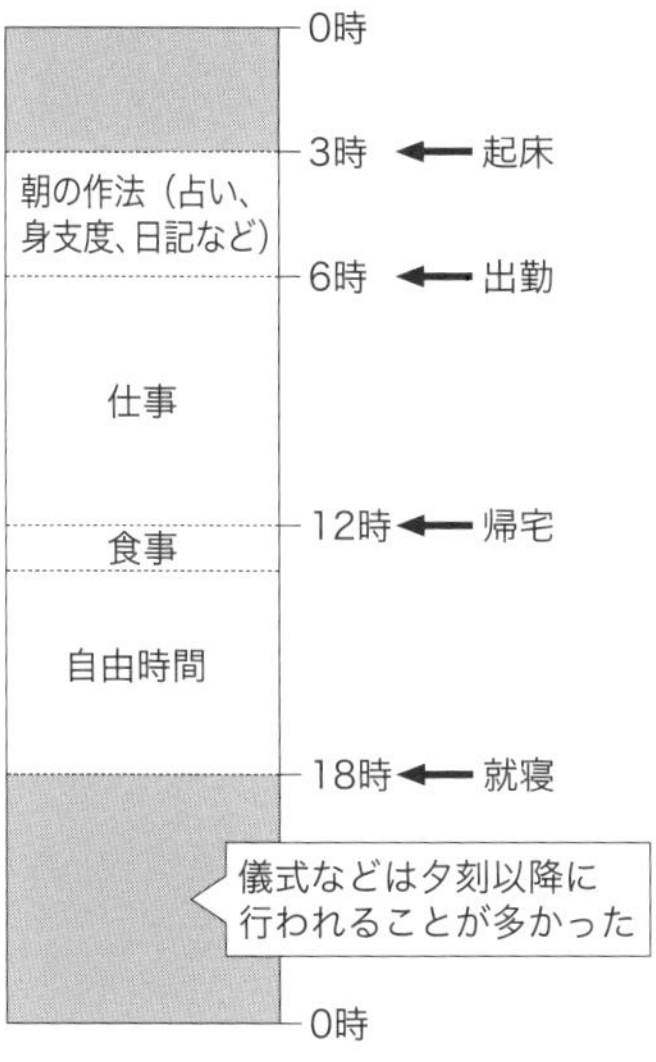

晩年の紫式部

❀四十数年の生涯をひっそりと終える

一条天皇《いちじょう》は1011年に32歳で崩御《ほうぎょ》します。夫に先立たれた彰子《しょうし》は、後年、国母《こくも》（天皇の母親）となって天寿を全うしますが、紫式部がいつごろまで仕えていたのかはよくわかっていません。彰子は紫式部に対して「それほど打ち解けてはつきあえないだろうと思っていたけれど、他の人よりずっと親しくなったのは不思議ね」と語っており（『紫式部日記』）、彼女を信頼し、頼りにもしていたのだろうと想像できます。

一条天皇の蔵人頭《くろうどのとう》を務めた藤原実資《ふじわらのさねすけ》の日記『小右記《しょうゆうき》』*18には、彼が彰子に伝えたいことがある際には、天皇崩御後も紫式部が伝言係だったと思われる記述があるので、しばらくは女房として彰子に仕えてい

---

*18『小右記』
平安時代の公卿藤原実資によって書かれた全61巻におよぶ日記。978年ごろから約60年にわたって記されたとされる。藤原道長が詠んだ「この世をば……」の歌は『小右記』に記載されたことでいまに伝わる。彰子を「賢后」と評する記述も。

たようです。

後宮を去ったあとの紫式部は、自宅でひっそりと余生を過ごしたのではないかといわれています。一説には1014年、父為時《ためとき》が越後守の任期中に没したとされますが、定かではありません。紫式部の弟の惟規《のぶのり》も為時の任期中に亡くなっているので、これが本当なら、為時は存命中に次々とわが子を喪《うしな》う悲劇に見舞われたわけです。

紫式部の資料として残っている最後のものは先の『小右記』ですが、それによれば1019年までは生存していたことになっています。もっと長生きをしたと見る説もありますが、その生涯は四十数年だった*19といわれています。

❀一人娘も優秀な女房として活躍した

ところで、紫式部には夫・宣孝《のぶたか》との間に一粒種の娘・賢子《けんし》がいました。紫式部が20代半ばごろに産んだ娘で、この時代の女房としてはめ

解説

*19 **その生涯は四十数年だった**
平安時代の平均寿命は、男女ともに30代だったとされている。

ずらしく確実な本名がわかっている人物です。

紫式部が女房としての力量を発揮したことで、賢子もまた女房としてキャリアを積むことになります。紫式部の跡を継ぐ形で彰子に仕えるようになります。その後、親王《しんのう》の乳母《めのと》[*20]となり、親王が即位して後冷泉《ごれいぜい》天皇となった折には、従三位典侍《じゅさんみないしのすけ》の官位を得て大弐三位《だいにのさんみ》と呼ばれるようになりました。

大弐三位は母の才能をしっかりと継いでいたようで、歌人として非常に高く評価されていました。内裏での歌合など公の歌席にも出詠し、女房三十六歌仙にも選ばれたほどです。

彼女の歌は、『後拾遺集《ごしゅういしゅう》』[*21]以下の勅撰和歌集に37首の歌が入集しており、歌集に『大弐三位集《だいにのさんみしゅう》』という家集があります。

さらに、歌だけでなく文才にも恵まれていたようで、一説には『源氏物語』の「宇治十帖」の作者ではないか[*22]とまでいわれています。

娘の大弐三位が華々しく人生を謳歌する傍《かたわ》ら、紫式部は晩年に自撰

---

*20 **乳母**
平安時代の宮廷の乳母は、出仕する女性たちの羨望の対象だった。元来は身のまわりの日常的な世話が主な役割だったが、次第に養育も兼ねるようになっていく。特に天皇や皇太子の乳母は、政治的な要職に就くことも多く、やがて出産経験の有無に関わらず後見力などを重視して選ばれるようになっていった。

和歌集を編んでいます。

『紫式部集』としていまに伝わるその歌集は、娘時代の作品から時系列に並べたもの。歌集最後の2首からは、生涯にわたって「憂さ」の置き所を探していた彼女の姿が浮かび上がってきます。

ふればかく　うさのみまさる　世を知らで　荒れたる庭に　積る初雪

（生きていると、このように辛さが増すだけであることを知らずに、荒れたわが家の庭に美しく初雪が降り積もったことです）

いづくとも　身をやるかたの　知られねば　うしと見つつも　ながらふるかな

（どこへこの身をやるべきかわからないので、辛いと思いながらも、この世に生きながらえていることです）

解説

＊21『後拾遺集』
白河《しらかわ》天皇の勅命によって藤原通俊《ふじわらのみちとし》が撰集した、平安時代第４番目の勅撰和歌集。

＊22「宇治十帖」の作者ではないか
『源氏物語』では、物語後半の「匂宮三帖」と「宇治十帖」について、紫式部ではない人物が書いた、もしくはあとから何者かが補筆した可能性が指摘されている。その人物の１人として、大弐三位が挙げられている。

母に負けない輝きを放つ娘 大弐三位は男性貴族との恋愛に花を咲かす

紫式部の娘大弐三位は、母に負けず劣らず才気あふれる女性でした。しかしその性格は、母とは正反対のようです。開放的な大弐三位の恋愛模様をのぞいてみましょう。

✿いまでいうキラキラ系女子？の大弐三位

紫式部が何事も慎重で、感情を表に出さないタイプであるのに対し、娘の賢子は明るく情熱的で、細かいことにこだわらない性格だったといわれます。性格は父の宣孝《のぶたか》に似たのかもしれません。

賢子は宮中で人気だったようで、恋多き女性でした。賢子自身は中流階級の身分でしたが、多くの誘いを受け、藤原道長《ふじわらのみちなが》の息子である藤原頼宗《ふじわらのよりむね》、藤原公任《ふじわらのきんとう》の息子である定頼《さだより》など、次々に高貴な男性たちと浮名を流します。

中でも藤原定頼との和歌のやりとりは、勅

撰和歌集『新古今和歌集』に残っています。

20代後半のころには道長の甥《おい》、藤原兼隆《ふじわらのかねたか》との間に娘をもうけましたが、親仁親王《ちかひとしんのう》（のちの後冷泉《ごれいぜい》天皇）の乳母となったため、兼隆とは疎遠になります。

✿行動力と情熱で成功した日々を歩む

そこから10年ほどあと、今度のお相手は高《たか》階成章《しなのなりあき》。高階氏は藤原氏に比べると格が低く、しかも成章は賢子より10歳年上でした。

結婚生活は順調だったようで、やがて男児を授かります。賢子が30代半ばになると、成章は大宰府《だざいふ》の大宰大弐《だざいのだいに》という職に就任し、赴任することとなります。

親仁親王が即位すると、賢子は従三位《じゅさんみ》典《ないしの》侍《すけ》に昇格します。このころから、自らの従三位の官位と夫の大宰大弐の官名を組み合わせ、大弐三位と呼ばれるようになります。

大弐三位は夫の帰りを黙って待つような女性ではありませんでした。当時は都から大宰府まで舟で20日ほどかかる長旅でしたが、典侍という要職を一時離れ、夫を訪ね、2度にわたって大宰府へ出向いたのです。

亡くなった年は明確ではありませんが、平和な生活を送り、80歳を超えて生きたといわれています。

大弐三位は、偉大な母をもち、宮廷での仕事や立場を確立し、男性貴族たちとの恋愛を謳歌しました。誰もがうらやむような順風満帆な人生を送ったといえるかもしれません。

紫式部年表

西暦	年齢	紫式部にかかわる主なできごと
970年代半ば	1歳	紫式部が生まれる
996年	20代前半	越前守となった父・為時について越前国へ
997年ごろ		紫式部は京へ戻る
998年ごろ	20代半ば	藤原宣孝と結婚
999年ごろ		娘・賢子を生む
1001年	20代後半	為時が京へ戻る
		宣孝死去
		『源氏物語』を書きはじめたか
1005年ごろ	30代前半	彰子のもとに出仕をはじめたか
1008年ごろ	30代半ば	『紫式部日記』を書きはじめたか
1011年	30代後半	為時が越後守となり越後国へ
		弟・惟規が父の任国へ向かうが病気により死去
		一条天皇崩御
1014年	40代前半	為時が越後守をやめ京へ戻る
1016年		為時が出家をする
1017年		娘・賢子が皇太后（彰子）のもとへ出仕
1014〜1020年ごろ？	40代前半〜40代後半	紫式部死去
1029年ごろ		為時死去

※年齢は数え年。

二

平安宮廷で活躍した人々と紫式部

藤原道長

ふじわらのみちなが

**4人の娘を入内させて権力を握る。
摂関政治の最盛期を築いた豪腕政治家**

生年	966年
没年	1027年
生地	京都
没地	京都
配偶者	倫子（正室）、源明子、源簾子、源重光の娘ほか

系図

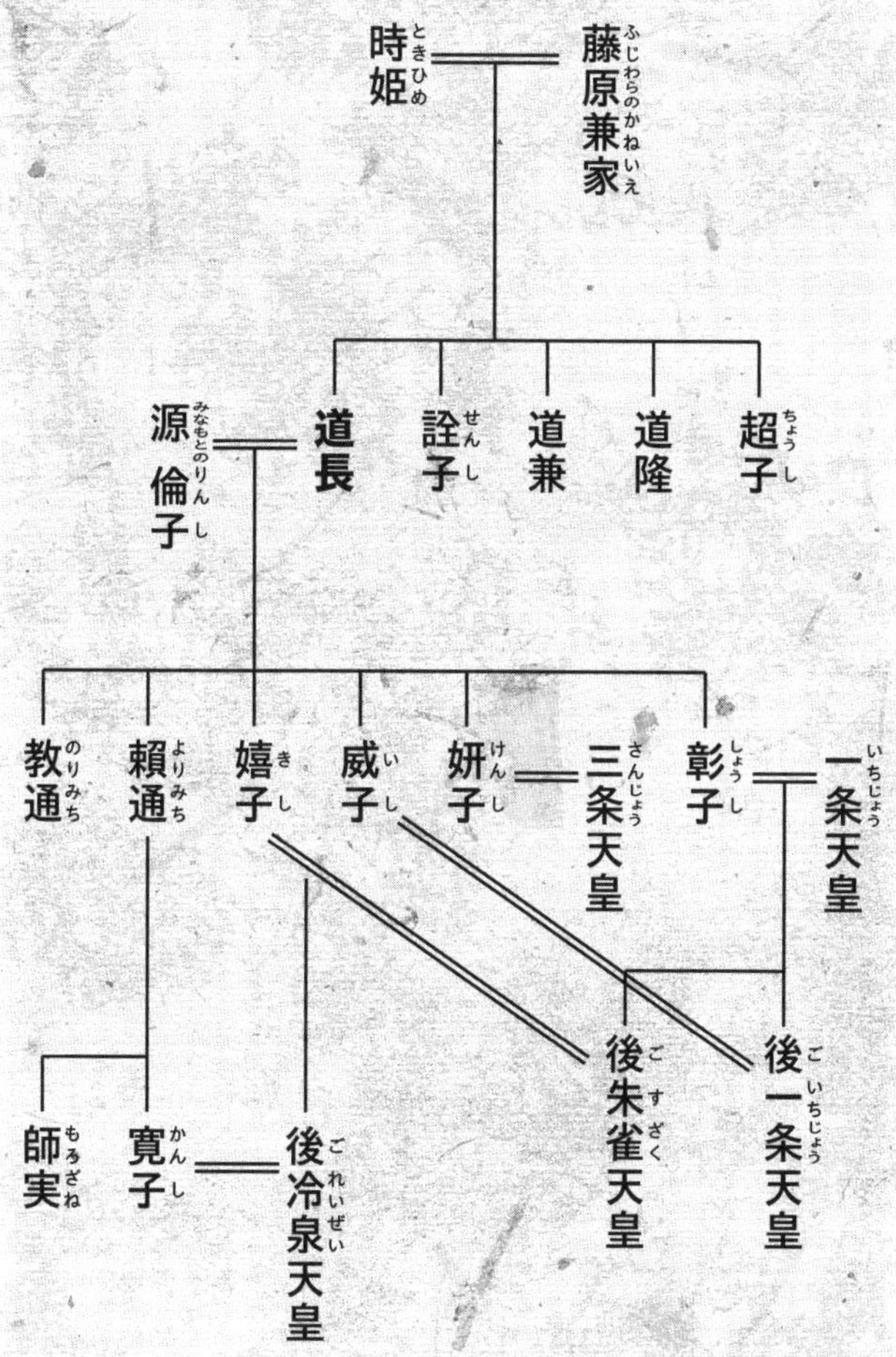
藤原兼家《ふじわらのかねいえ》
時姫《ときひめ》
超子《ちょうし》
道隆
道兼
詮子《せんし》
道長
源倫子《みなもとのりんし》
一条天皇《いちじょう》
彰子《しょうし》
三条天皇《さんじょう》
妍子《けんし》
威子《いし》
嬉子《きし》
頼通《よりみち》
教通《のりみち》
後一条天皇《ごいちじょう》
後朱雀天皇《ごすざく》
後冷泉天皇《ごれいぜい》
寛子《かんし》
師実《もろざね》

❁関白の座につき権力を握った道長の長兄・道隆、次兄・道兼

道長の父・兼家《かねいえ》には、正妻である時姫《ときひめ》との間に娘が2人、息子が3人いました。道長は、この5人きょうだいの末っ子です。

道長の姉の超子《ちょうし》、詮子《せんし》はそれぞれ冷泉《れいぜい》天皇、円融《えんゆう》天皇の女御（妻）となり、詮子の息子が一条《いちじょう》天皇として即位します。もう1人の姉、超子の息子も後に三条《さんじょう》天皇となる事実からは、父・兼家の凄腕ぶりがうかがえます。兼家は晩年に関白《かんぱく》となり、その地位は長男の道隆《みちたか》が受け継ぎました。道隆は娘の定子を一条天皇に入内させ、長男の伊周《これちか》は20歳そこそこで内大臣になるなど、道隆一家は栄華を極めていきます。

しかし、道隆は病に冒されて43歳で没。関白の座は道長の次兄である道兼《みちかね》に移りますが、彼は就任からたった7日で帰らぬ人となってしまいました。この年、都では疫病が蔓延し、道兼だけでなくトップクラスの官僚が次々と病死したのです。主な公卿《くぎょう》で生き残ったのは、伊周と道長だけ。一条天皇の母・詮子が道長を強く推したこともあり、道長は関白に相当する内覧《ないらん》に抜擢されます。

それまで、道隆、道兼という2人の兄がいたために、権大納言《ごんだいなごん》という、上級貴族の中では下位に甘んじていた道長の、特進大出世でした。

❀ライバルは勝手に自滅。転がり込んできた運をガッチリつかみとる

面白くないのは伊周です。妹の定子《ていし》が一条天皇から格別の寵愛を受けていたため、自分も天皇と親しくさせてもらっていたのに、その自分を差し置いて、下位の道長が出世したことに不満を募らせていたことでしょう。うっぷんがたまっていたのか、女性がらみで前天皇の花山院《かざんいん》に矢を射かけるという暴挙に出ます。そのうえ、詮子が早く死ぬように呪詛《じゅそ》（平安時代には、相手の家の床下に人形を埋めるなどの呪いの方法があった）したり、天皇家にしか許されない秘法を行ったりしたのではないかと疑われ、伊周は降格されて大宰府へ、弟の隆家《たかいえ》は出雲に左遷されてしまいます。こうして、強力なライバルは、自滅してしまいました。

こうした経緯を知ると、道長は運がよかっただけでは？　と思いたくもなりますが、つかみとる握力がなければ幸運はするりと逃げてしまいます。道長には、転がり込んで

きた運をつかんで放さない胆力がありました。

娘4人を入内させ、絶大な権力を手中に

細かいことはあまり気にせず大らかだったという道長は、欲しいものをなんとしてでも手に入れようとする気性でもあったようです。

当時は、娘を天皇に嫁がせて産まれた男児を東宮《とうぐう》（皇太子のこと。次期天皇）とし、東宮の即位後は祖父として政治にかかわるという「外戚政治《がいせきせいじ》」が盛んでした。血筋を絶やさないために天皇には多くの妻がいましたが、妻はその出自に応じてランクづけがされていました。

東宮になる可能性が高いのは中宮（天皇の后たちの中の最高位）の子どもです。彰子が入内した時、一条天皇にはすでに定子という中宮がいました。

そこで道長が考えたのは、定子を「皇后」に、彰子を「中宮」にするというもの。皇后と中宮は両方とも同格の天皇妃だ、というのです。前代未聞の強引な手法ですが、当時の道長にはそれだけの力があったということ。一条天皇はこれを受け入れ、道長はや

京都市にある法成寺《ほうじょうじ》址。道長が平安時代中期に創建し、最期を迎えたとされる。

がて左大臣として権威をふるうようになります。

道長は最終的に、彰子のほか妍子《けんし》（三条天皇妃）、威子《いし》（後一条天皇妃）ら娘3人を中宮に立て、絶大な権力を握ります。甥の三条天皇を強引に退位させ、孫を後一条天皇として即位させるなど、非情な手段をとることもありました。そのあとは、名実ともに最高権力者となって摂関政治の最盛期を築きました。浮沈《ふちん》の激しい時代にあって、無二の成功者といえるでしょう。

「この世をばわが世とぞ思ふ望月の欠けたることもなしと思へば」という有名な和歌を披露するのは53歳の時。道長はこの翌年に出家し、62歳で生涯を閉じました。肥満体だったと伝えられる彼の死因は、糖尿病ではないかともいわれています。

殿と女房のあやしい関係

紫式部は道長の愛人だった？

藤原道長と紫式部の間には性的な関係があったともいわれています。階級社会だった平安時代、女房たちは主人との肉体関係をどう思っていたのでしょうか。

✿いまなら許されない道長のセクハラ

すきものと名にし立てれば見る人の
折らで過ぐるはあらじとぞ思ふ

紫式部はときに、道長から思わせぶりな振る舞いをされています。上の歌は、ある日、道長が彼女に送ったもの。

『紫式部日記』に記されているものですが、意味としては、「『源氏物語』の作者のお前は〝好き者〟に違いないと言われているよね。ダメ元でもとりあえずみんな口説くんじゃない？」といったところ。なんとも失礼な歌ですね。彼女は返歌で「あら、心外ですわ」と軽くいなしています。

この時代、正当な妻以外にも、召人《めしうど》と呼ばれるいわばお手つきの女房を邸内に多くもつ貴族男性は珍しくありませんでした。

実は、紫式部は道長の召人だったのではないか、という説があります。信頼できる資料が残っていないため想像の域を出ませんが、この時代の権力者と女房の関係を考えれば、あり得ないことではなかったでしょう。

✿日常茶飯事だった行きずりの肉体関係

血筋がものをいう時代。道長にしてみれば、紫式部のように女房として働く受領階級の娘は、問題外の相手だったでしょう。

ただし、手近な女房に手を出すことは往々にしてあったようで、2人がそうした関係だとしてもおかしくはありません。

もっとも紫式部は彰子に仕えた時点で30歳ぐらいでしたから、当時としてはすでに盛りを過ぎた中年女性です。もし、道長と何かがあったとしても行きずりの、あるいはごく短期間の、刹那的な関係だったと考えられます。

紫式部が召人だったとしたら——当時の殿と女房の一般的な関係からいえば、〝お手つき〟は女性にとってはありがたい恩恵だったと思われるふしもあります。現代の価値観とは違い、そもそも〝お手つき〟なんて大した問題ではなかったのかもしれません。

清少納言

せいしょうなごん

紫式部が強烈な
対抗心を燃やした?
先輩女房

紫式部も一目置く 『枕草子』を書いた才色兼備の女房

生年	966年ごろ?
没年	1025年の説があるが不明
生地	京都
没地	京都の説があるが不明
配偶者	橘則光(離別)、藤原棟世(再婚)

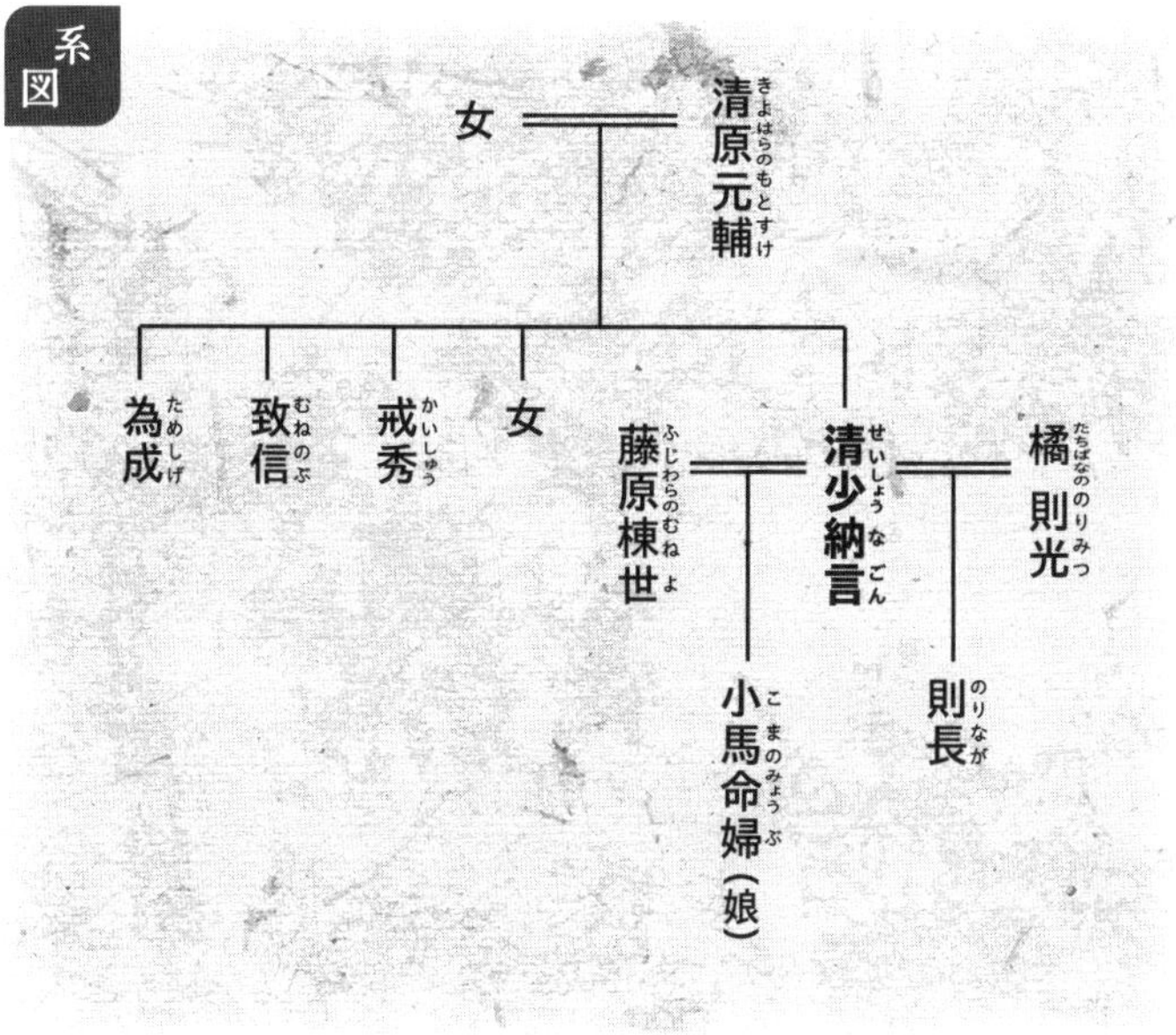

❁学問に親しんだ、開放的な性格の女性。私生活では離婚&再婚の経験も

女性の記録が少ない当時の例に漏れず、清少納言の本名や正確な生没年はわかっていません。受領階級だった父の清原元輔《きよはらのもとすけ》は、勅撰集である『後撰和《ごせんわ》歌集《かしゅう》』の撰者で、曾祖父も著名な歌人。紫式部が家庭で漢学を習い覚えたように、清少納言の家にも学問を尊ぶ気風がありました。

父の死後、藤原道隆《ふじわらのみちたか》の命により、一《いち》条《じょう》天皇妃、定子《ていし》の女房として宮廷に仕えます。定子に出仕したのは993年ごろとされており、それ以前のおそらく10代で結婚し、息子の則長《のりなが》を産んでいます。夫である橘則光《たちばなののりみつ》とはだんだん疎遠になって離別しますが、別れたあともそれなりに親しく交流していたようです。後に、再婚して娘の小馬命婦《こまのみょうぶ》をもうけます。

平安文学の代表作『枕草子《まくらのそうし》』を著した女性として紫式部と並び称される清少納言。育ちやキャリアは紫式部と似ていますが、性格はだいぶ異なっていたようです。やや内向的なイメージの紫式部とは違い、明るく積極的。紫式部は宮仕えを渋りましたが、清少納言はワクワクして出仕したようです。そのころ、定子のサロンには30名ほどの女房がいましたが、教養が深くコミュニケーション能力が高い清少納言は、定子に人一倍寵遇《ちょうぐう》され、サロンの中心人物となっていきました。

才気煥発《かんぱつ》な自分を表現することもためらわず、宮廷での体験をつづった『枕草子』には、男性を言い負かした、定子にほめられたなどと、自慢話のような記述がそここに見られます。

✿あんな人、たいしたことないじゃない！　日記の中で徹底的に否定した紫式部

知識をひけらかさないことを心がけていた紫式部の目には、「私には漢学の心得があるのよ」と言わんばかりの記述も苦々しく写ったのでしょう。『紫式部日記』の中で、清少納言はあしざまに罵られています。

「清少納言こそ、したり顔にいみじうはべりける人。さばかりさかしだち、真名《まな》書きちらしてはべるほども、よく見れば、まだいとたらぬこと多かり。かく、人にことならむと思ひこのめる人は、かならず見劣りし、行末うたてのみはべるは……」

得意顔をしたとんでもない人。利口ぶって漢字を書き散らしているけれど、不足なことだらけ。こんなふうに人と違っていたいとばかり思っている人は、そのうちに落ち目になるでしょうよ——と、散々な言われようです。

こうした記述からは、２人の女房が定子サロンと彰子《しょうし》サロンの威信をかけてにらみ合っていたかのような印象を受けます。しかし、実は2人には面識がなかった可能性が高いのです。出仕の時期が異なっており、偶然に何かの機会に宮中ですれ違うことがあっ

たかもしれませんが、互いを深く知るような仲ではありませんでした。

✿定子のすばらしさを後世に残すため？『枕草子』は逆境の中で書きつづられた

『枕草子』が書きはじめられたのは、定子の兄・伊周《これちか》が謀反《むほん》の疑いをかけられて左遷されたころだとされています。一時的に宮廷を辞していた清少納言は、手持ち無沙汰な日々の中で、定子のもとでの楽しかった暮らしを思い出すままに書きはじめます。実際には、定子の実家は没落し、定子自身も周囲から白眼視《はくがんし》されるようになっていましたが、そういうことには一切触れていません。

一条《いちじょう》天皇に深く愛された定子の後宮は、華やかで笑いにあふれていたといいます。清少納言は定子の明るさ、深い知性、愛すべき性格を後世に残したいと思ったのではないでしょうか。人々は清少納言の軽妙なエッセイを目にするたびに亡き定子を思い出し、華やかだった後宮を懐かしがったことでしょう。

死してなお、定子は彰子のライバルであり得たわけで、そういう状態を紫式部は看過できなかった、とも考えられます。少なくとも、『枕草子』の存在を相当に意識してい

清少納言の他、清原一族が祀られる車折《くるまざき》神社（京都嵐山）。写真は境内にある清少納言社。

たことは確かでしょう。

引退後の清少納言は、再婚した夫の赴任地である摂津国《せっつのくに》（現在の大阪～兵庫）に同行しています。夫はだいぶ年上だったので死別した可能性が高く、最晩年は京都の東山《ひがしやま》月輪《つきわ》という場所に暮らしていたのではないかともいわれています。娘の小馬命婦は彰子の女房になっているので、宮廷との関係も続いていたと考えられます。

宮廷を去ったあとの清少納言については、みすぼらしい庵をあざ笑った若者に「バカにするな！」と老婆が叫んだとか、男に間違えられて斬り殺されそうになったので性器を露出して見せたなど、惨めで孤独な晩年を送ったような逸話があります。

後宮は噂のワンダーランド。情報はいつも筒抜けだった!?

天皇には何人もの妃がいて後宮にはそれぞれの住まいがありました。そこでは住む人の様子がよくわかり、多くの女房たちが行き交う場なので、噂話の発信地でもありました。

後宮には女房の恋人が訪れることも

古典によく登場する「内裏《だいり》」は皇居のこと。天皇に嫁ぐことを意味する「入内」は文字どおり「内裏に入る」ことでした。

内裏は、大内裏という東西約1・2km、南北約1・4kmの広大な敷地の中に位置しています。敷地の中央に天皇が過ごす清涼殿《せいりょうでん》という建物があり、妃はその後方にそれぞれ独立した殿舎を与えられます。後宮は、清涼殿に近い建物ほど格上でした。

定子は登花殿《とうかでん》、彰子は飛香舎《ひぎょうしゃ》に住んだといわれています。妃のもとに仕える大勢の女房は、殿舎の中の妃の部屋をとり囲む廊下のような場所に居場所を与えられていました。屏風や御簾《みす》、カーテン状のもので間仕切りはしていましたが、壁がないので物音がよく聞こえます。近づけば中を透かし見ることもできたでしょう。

江戸時代の大奥と違い、後宮は男子禁制ではなかったので、女房目当ての男性も立ち寄ります。

男友達とこっそり夜を過ごす同僚の様子を知った女房が「誰それが○○さんにちょっかいを出している」などという話を漏らせば、噂は瞬く間に広がりました。

プライバシーを守ることが相当に大変だったこの時代。后のスキャンダルを暴露したりしないように、女房の選出にあたっては家柄や経歴などを厳しくチェックしていたようです。

〈内裏図〉

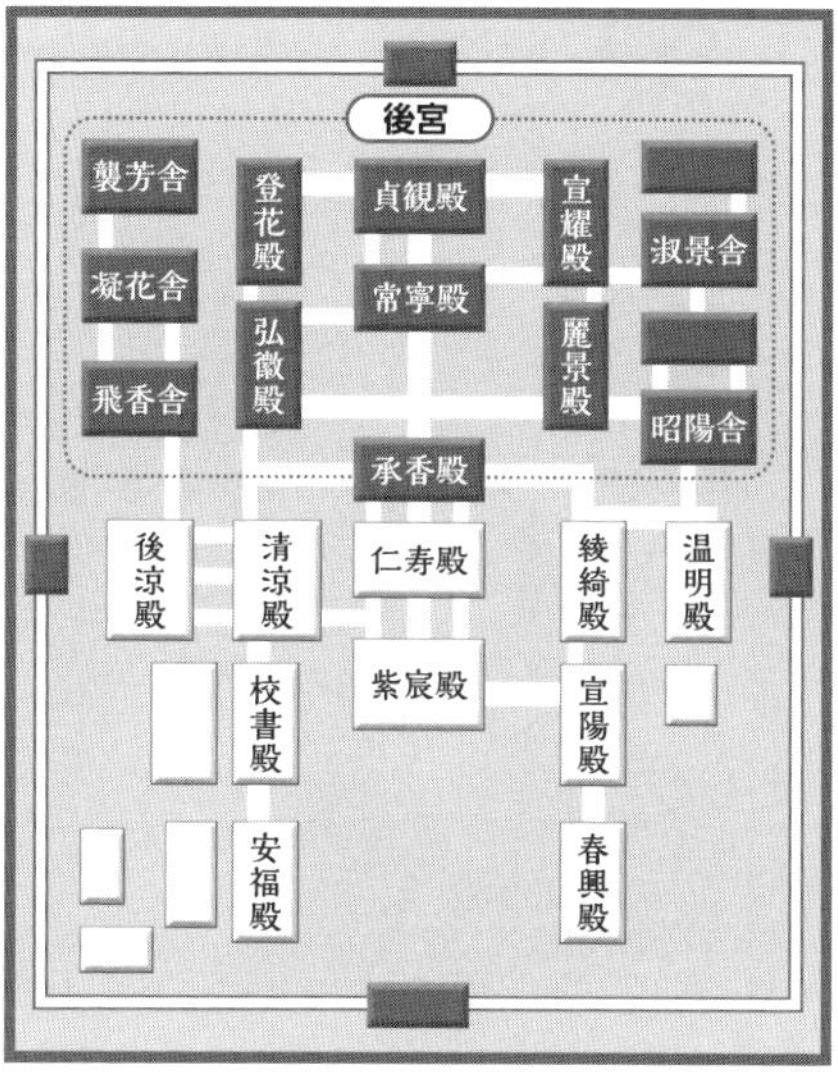

和泉式部

いずみしきぶ

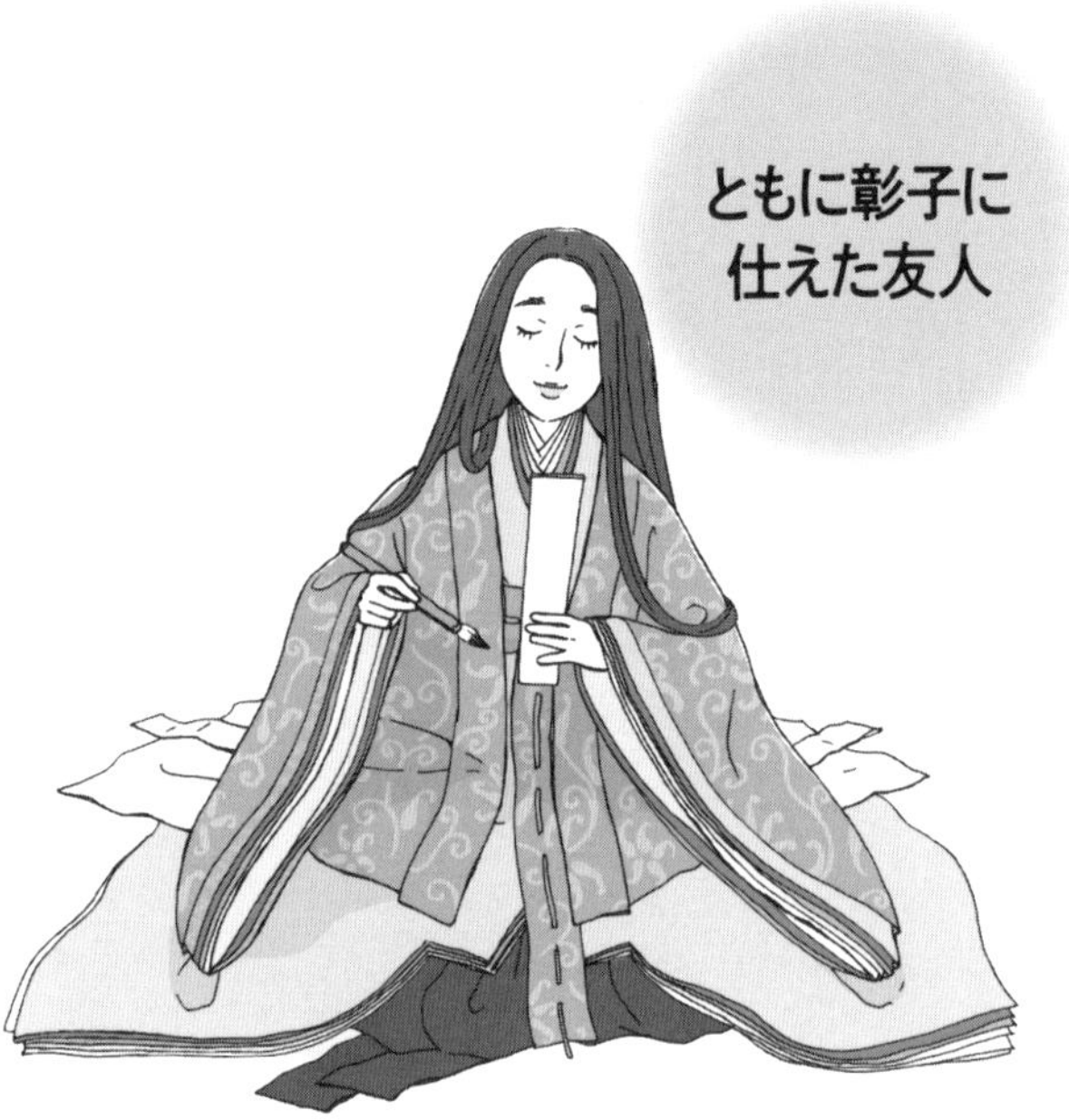

情緒的な和歌の名手は
平安のスキャンダル女王だった

生年	978年ごろ?
没年	不明
生地	京都
没地	不明
配偶者	橘道貞、藤原保昌

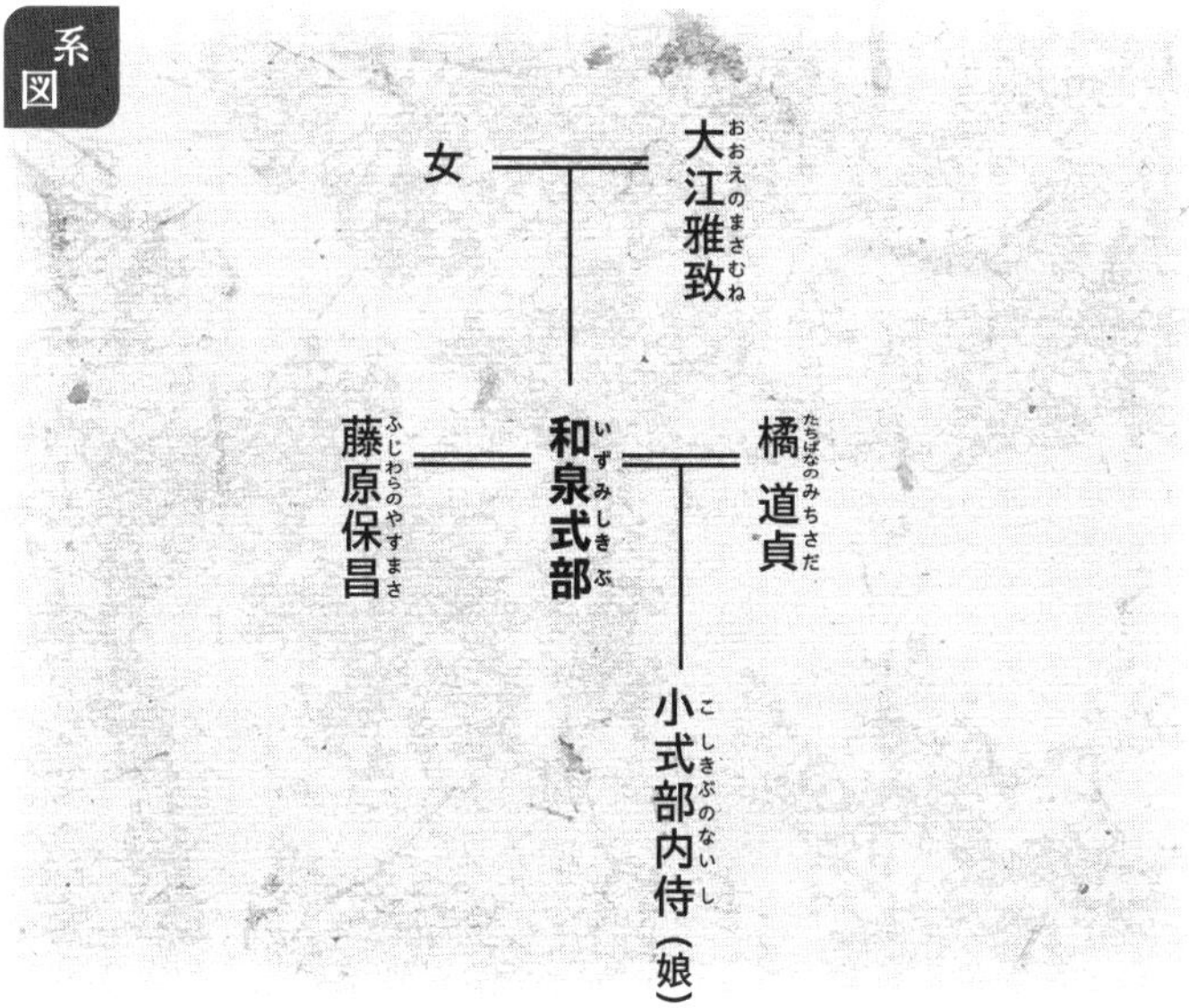

❀女房として働いたあとに結婚。子どもに恵まれ、順調な結婚生活を送るが……

978年ごろに生まれたとされる和泉式部は、紫式部や清少納言と同様に受領階級の娘。父は越前守の大江雅致《おおえのまさむね》、母は冷泉《れいぜい》天皇の妃昌子《しょうし》の女房だった女性です。母の縁で昌子妃に仕え、20歳のころに和泉守《いずみのかみ》である橘道貞《たちばなのみちさだ》と結婚しました。

後に小式部内侍《こしきぶのないし》と呼ばれる娘も生まれ、当初はおしどり夫婦であったようで、道貞は彼女にベタ惚れだったという考察もあります。夫の職位である「和泉」の名を生涯捨てなかったことからは、彼女の夫への愛情がしのばれます。

✿身分違いの恋、勘当、死別、再婚。ジェットコースターのような波乱の人生

和泉式部について回るのが「恋多き女」というキャッチフレーズ。和泉式部は夫の赴任地である和泉（いまの大阪周辺）に同行したようですが、ほどなく都に戻ります。そして、夫の単身赴任中に関係をもったのが、冷泉天皇の三男・為尊親王《ためたかしんのう》でした。

和泉式部が仕えていた昌子は冷泉天皇妃だったので、どこかに接点があったのでしょう。この関係に激怒した父の大江雅致は娘を勘当し、夫の道貞は「受領階級にふさわしい妻を」と、彼女を捨ててさっさと再婚します。親の後ろ盾も夫の庇護も失った和泉式部が頼れるのは、恋人の為尊親王だけでした。

為尊親王は冷泉天皇の第三皇子という高貴な身分。和泉式部とはかなりの格差がありましたが、２人は関係をもちました。しかし、為尊は1年ほどすると、26歳で病死してしまいます。当時の平安京では、疫病が大流行していたのです。そしてその喪も明けやらぬうちに恋愛関係になったのが、為尊の弟・敦道親王《あつみちしんのう》でした。

貴族の男性が妻以外の女性と当たり前のように関係をもつ時代でしたが、そこには常に「身分」がついて回ります。相手の位に応じた処遇をするのが暗黙の了解でした。親王が受領階級の娘をお遊びの相手とするなら、誰も問題にしなかったでしょう。ところが、敦道は多くの人出がある祭へ、牛車に和泉式部を乗せて同行するなど、周囲に熱愛を見せつけます。

彼女が敦道の邸宅に移り住んだことに怒った正妻が家出する事件などもあり、和泉式部にはスキャンダラスなイメージがつきまとうようになりました。藤原道長《ふじわらのみちなが》は彼女を「浮かれ女」とからかっています。いまに伝わる『和泉式部日記《いずみしきぶにっき》』は、この敦道親王との恋愛模様を告白的につづった物語のような日記でした。

世間のひんしゅくを買った2人の関係は4年後、敦道の死で終わりを迎えます。和泉式部はその後、中宮彰子《しょうし》に仕え、藤原道長の家来だった藤原保昌《ふじわらのやすまさ》と再婚、娘の小式部内侍に先立たれるという不幸も経験しています。

波瀾万丈の生涯を送った和泉式部の享年は、60歳手前くらいではなかったかとされています。

❀和歌の才能に秀でていることは異性を惹きつける魅力でもあった

この時代、貴族社会の人づき合いに不可欠なのが和歌でした。恋の駆け引きだけでなく、ちょっとした挨拶やお礼にも和歌を添えます。気の利いた歌を詠める人は一目置かれたのです。

和泉式部は和歌の名手で、優れた歌人と認められた中古三十六歌仙の1人です。心の琴線に触れてくる、ほとばしる熱い思いや深く沈み込む内面を表現できたからこそ、名手と謳《うた》われたのでしょう。和泉式部が関係した男性は10人以上ともいわれており、そもそも「恋愛体質」だったのかもしれませんが、彼女の和歌が男たちを魅了したという側面もあったのでしょう。

同時期に彰子に仕えた紫式部は、『紫式部日記』に和泉式部についてつづっています。「素敵な手紙を書き交わした人。さっと手紙を走り書きしたときに文才が光り、何気ない言葉の中にも趣があるし、和歌は見事で、口をついて出る言葉に目にとまる一言が必ず混ざっている。だけど、彼女が他人の和歌を評している内容は感心しません。理屈で

貴船の蛍岩。和泉式部が貴船神社に参詣して恋の成就を祈り、このあたりで歌を詠んだとされる。

はなく、歌が自然に出てくるタイプの人なんでしょうね」

紫式部は和泉式部のことを、天才型の歌人だと捉えていたのかもしれません。

あらざらむ　この世のほかの　おもひでに　いまひとたびの　逢ふこともがな

（もう長くはないわが身だけれど、この世の思い出にもう一度だけあなたに逢いたい）

和泉式部の代表歌として名高いこの歌は、小倉百人一首に選ばれています。

死の床にある和泉式部が「もう一度逢いたい」と絶唱した相手は、果たして誰だったのでしょう。

赤染衛門

あかぞめえもん

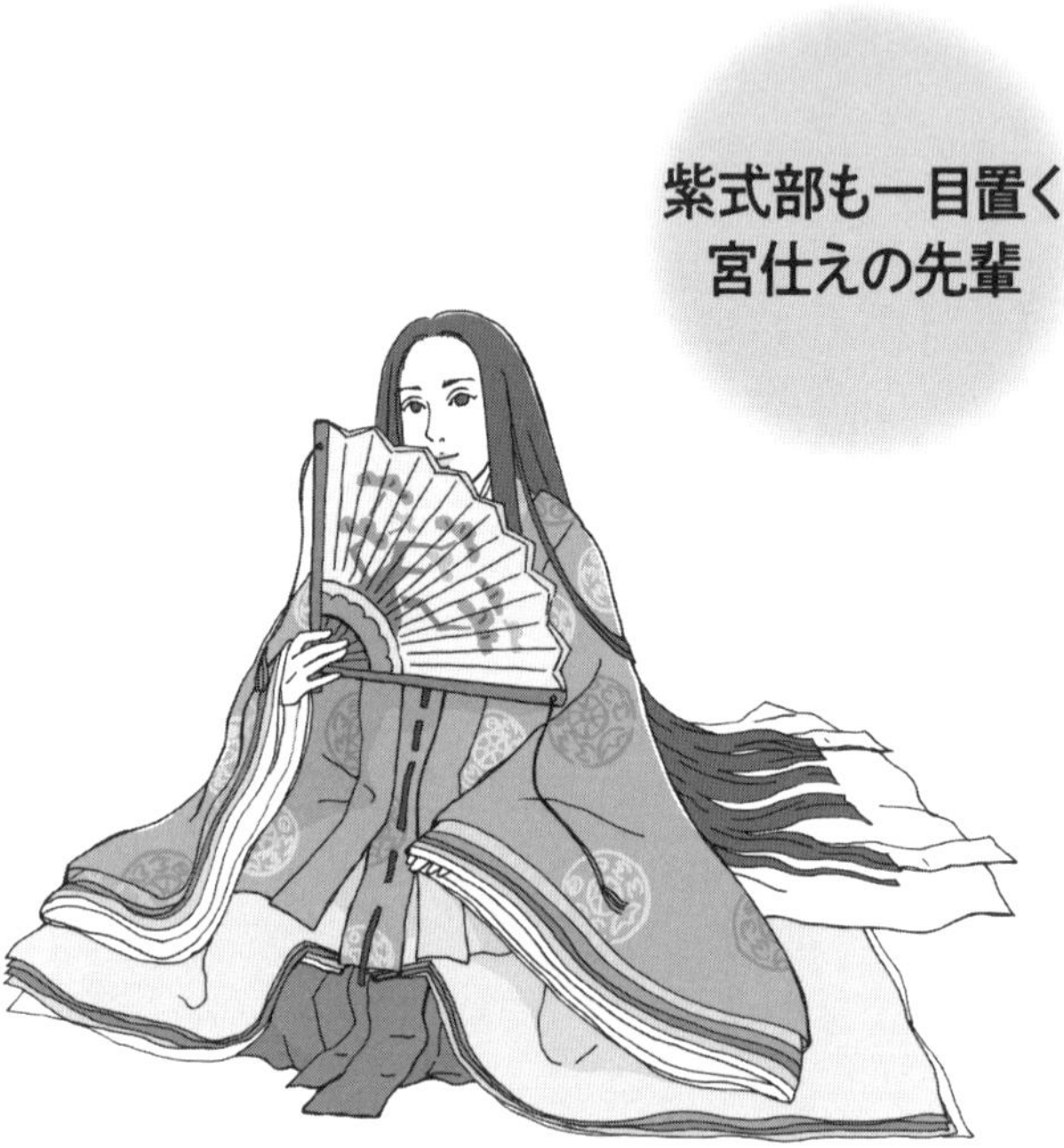

彰子に仕えた女房、歌人。
温厚な人柄で良妻賢母と伝わる

生年	957～961年ごろ?
没年	不明。1041年までは生存
生地	京都
没地	不明
配偶者	大江匡衡

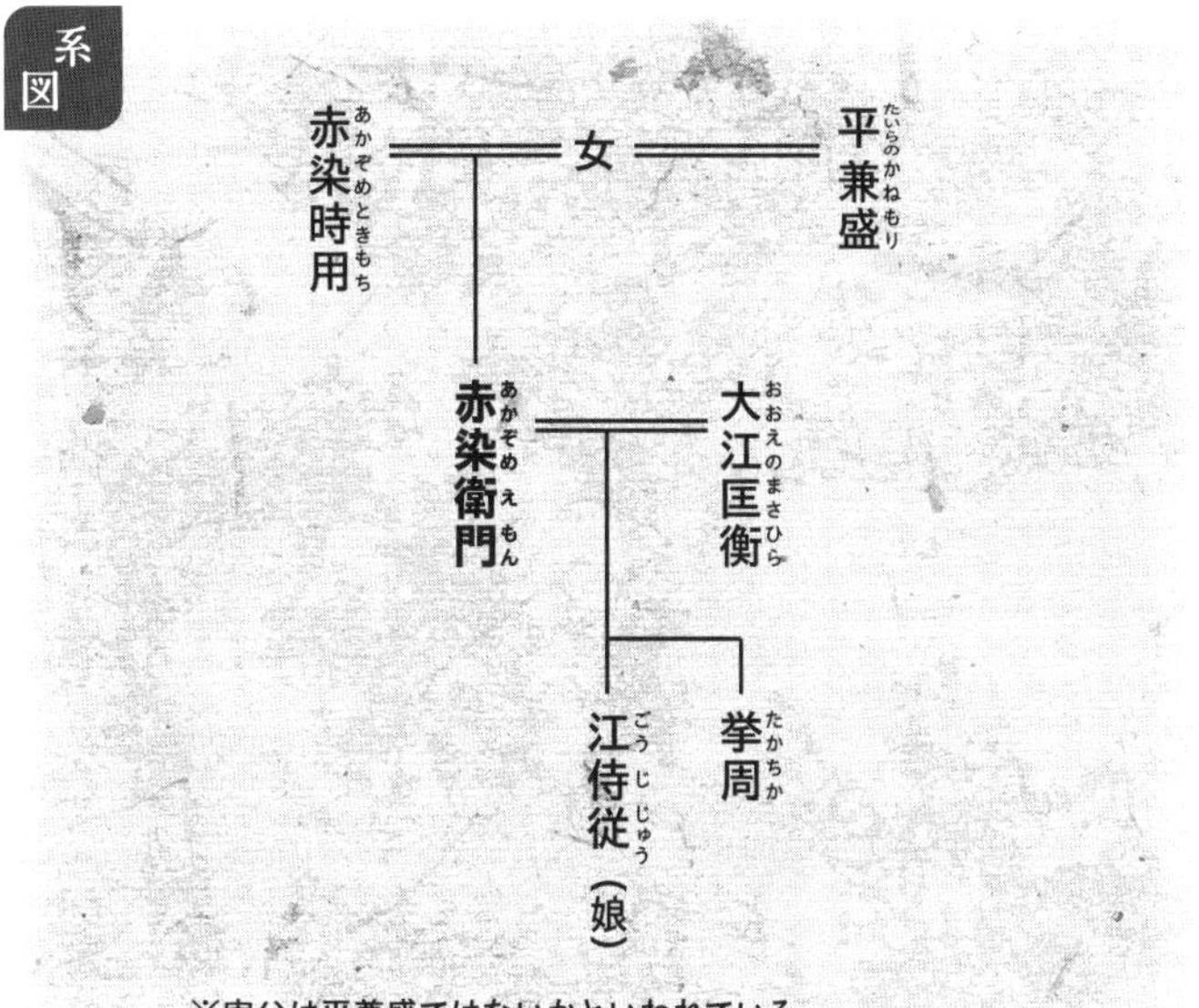

※実父は平兼盛ではないかといわれている。

✿手本のような良妻賢母の姿に、さすがの紫式部も辛辣な人物評を封印した⁉

彰子《しょうし》に仕えた女房の中で、しばしば和泉式部《いずみしきぶ》と対照的に評されるのが赤染衛門です。男性との関係がたびたび噂された和泉式部と違い、赤染衛門の生き方は「良妻賢母」「妻の鑑《かがみ》」としていまに伝わっています。

彼女もまた、優れた歌人とされた中古三十六歌仙の１人に選ばれています。温厚な性格の彼女は知人に歌詠みを頼まれることがたびたびあったようで、代作（人の代わりに歌を詠む）の名手ともいわれています。

紫式部は、『紫式部日記』の中で赤染衛門のことをこう評しています。

「ことにやむごとなきほどならねど、まことにゆゑゆゑしく、歌よみとてよろづのことにつけて詠みちらさねど、聞こえたる限りは、はかなきをりふしのことも、それこそ恥づかしき口つきに侍れ」――大変な権威というわけではないけれど、風格のある歌をお詠みになる。「歌人だから」とあちこちで詠み散らすようなこともしないが、耳にしている歌はみな、ちょっとした折柄《おりから》のことを詠んだものも立派なものです、と記しています。清少納言《せいしょうなごん》をボロボロにけなし、和泉式部を「理論がわかっていない人」としているのに比べて、手放しの激賞です。

たびたび地方赴任を命ぜられた夫に同行して彼を支え、ときには仕事上のアドバイスをし、子どもたちを愛情深く育てます。夫亡きあとは出家し、80歳を超える長寿を全うしたといわれています。

藤原道長の栄光を描いた歴史物語、『栄花物語』の作者？

やすらはで　寝なましものを　小夜ふけて　傾くまでの　月を見しかな

（あなたが来るというから寝ないで待っていたのに夜は空しく更けて、もう月が西に沈みかけていますよ）

この歌は、姉妹に頼まれて詠んだ代作で、『小倉百人一首』にも収められています。拗《す》ねた恋人が愛おしくなったのか、相手の男は翌日屋敷を訪れたとか。優雅だけれど決して凡庸ではない歌風。彼女はよく代作を頼まれ、それを快く引き受けていたようです。

彼女はまた、道長一族の繁栄を描いた歴史物語である『栄花物語《えいがものがたり》』の作者ではないかともいわれています。『栄花物語』はその文体から、おそらく女性の筆によるもの。赤染衛門は道長の妻倫子《りんし》にも仕えており、宮廷事情に精通している、夫は国史に詳しい学者だといったことから、特に正編とされる30巻は彼女の手によるという説が有力です。編集者として、女房たちの原稿を編集したのではないか、という説も唱えられています。

すべては身分で決まる時代！

上流貴族は夢のまた夢

和歌や香、蹴鞠《けまり》など
「雅」といわれる文化が発達した平安時代。
こうした文化の担い手だった
貴族というのは
どんな人たちだったのでしょうか。

✿貴族といえるのは人口のたった0.2%弱

平安時代は徹底した階級社会でした。ヒエラルキーの上位にいて「貴族」と呼ばれたのは、一定以上の官位をもつ人たちです。

当時、いまの公務員に当たる「官人《かんにん》」の地位には、上は「正一位《しょういちい》」から下は「少初位下《しょうそいのげ》」まで、実に30段階もの位階が決められていました。このうち、上から14番目が「従五位下《じゅごいのげ》」。貴族とは、この「従五位下」から上の位の人たちを指すといわれています（188ページ参照）。また、ここから待遇も格段によくなったそうです。

このころの平安京の人口は約10万人と推定されますが、そのうち貴族といえる人たちはたった150～200人ほど、ということになります。彼らの家族を含めても、貴族階級は約2000人だったと考えられます。

地方官である「受領」（いまの県知事）を務めた紫式部の父は、最終的に「正五位下《しょうごいのげ》」になっていますので、「中流」といえる貴族でした。ですから彼女も貴族階級です。

✿家柄が出世に影響する格差社会

こうした貴族の中でも別格なのは、「従三位」から上の人たちです。いまなら内閣を構成する閣僚レベルの地位で、大臣、大納言、中納言などはこの地位の人たちです。20人ほどに絞られた彼らは公卿と呼ばれ、その多くは代々公卿の家柄でした。

実は、貴族の子孫には「蔭位《おんい》」という優遇措置があり、官位は父祖の地位に応じて授けられます。公卿の家の者なら、最初から貴族の地位を与えられることも珍しくありませんでした。

藤原道長《ふじわらのみちなが》は、父の兼家が関白まで務めた公卿でしたから、官人のスタート時点ですでに「従五位下」に遇せられています。下っ端役人を経験することはありませんでした。

この時代は家柄のよい者ほど有利に出世する、逆に家柄がよくなければ、仮にどんなに優秀であっても、上流貴族にはなれない、という強固な格差社会でもあったのです。

藤原彰子

ふじわらのしょうし

長じては父道長に逆らうことも。
驚く変貌を遂げた一条天皇妃

生年	988年
没年	1074年
生地	京都
没地	京都
配偶者	一条天皇

系図

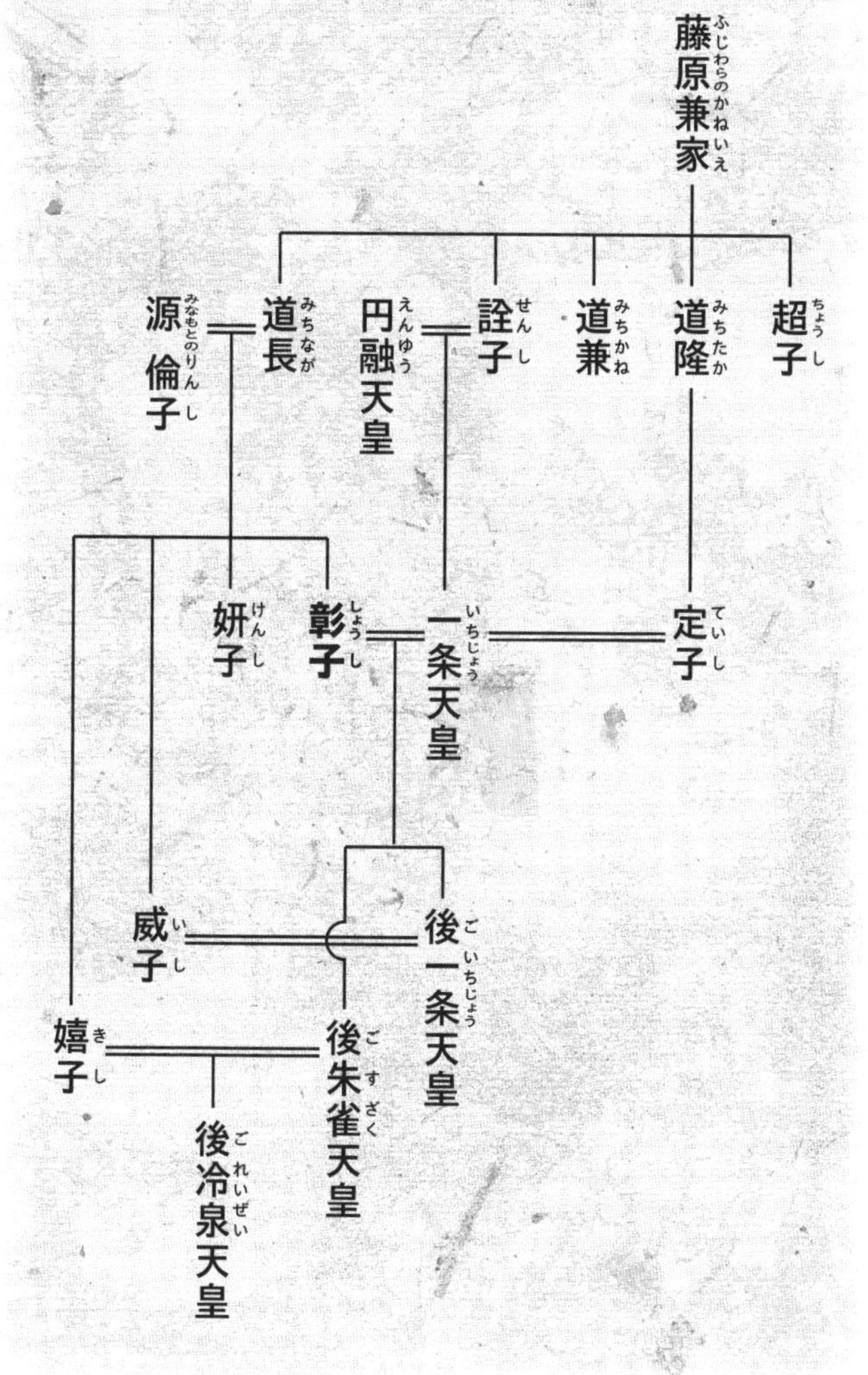
藤原兼家《ふじわらのかねいえ》
超子《ちょうし》
道隆《みちたか》
道兼《みちかね》
詮子《せんし》
円融天皇《えんゆうてんのう》
道長《みちなが》
源倫子《みなもとのりんし》
定子《ていし》
一条天皇《いちじょうてんのう》
彰子《しょうし》
妍子《けんし》
後一条天皇《ごいちじょうてんのう》
威子《いし》
後朱雀天皇《ごすざくてんのう》
嬉子《きし》
後冷泉天皇《ごれいぜいてんのう》

❁12歳で入内。9年後に親王を出産

彰子はときの権力者、藤原道長《ふじわらのみちなが》の娘です。988年に生まれ、12歳になると、一条《いちじょう》天皇の后として入内します。

10代の結婚が多い当時にあっても、12歳での入内はかなり早いものでした。道長が、娘が天皇妃だという既成事実をつくることを最優先にした結果でしょう。一条天皇にはすでに中宮定子《ていし》という「正妻」がいましたが、道長は定子を「皇后」に、彰子を「中宮」にすることで、2人を同格の正妻の立場とします。

『紫式部日記』には、彰子の人柄について、

「うわついた恋愛を軽薄と考えている」

「奥ゆかしくて、とても上品」

といった記述がされており、真面目でつつましい様子がうかがえます。

年齢にしては驚くほど大人びていたと伝わる彰子ですが、子宝にはなかなか恵まれませんでした。敦成親王《あつひらしんのう》を産んだのは、入内から実に9年後のこと。『紫式部日記』には、

多くの貴族や僧が慌ただしく出入りし、もののけを追い払うために呼ばれた女たちが大声を上げるなど、出産の様子が生々しく描かれています。

彰子はこの翌年、年子で敦良親王《あつながしんのう》（後の後朱雀《ごすざく》天皇）を産み、后としての立場を盤石なものにします。

❀夫にふさわしい女性になりたい。健気な努力を重ねる心優しい人だった

中宮のもっとも重要な「仕事」は親王を産むことですが、そこに至る9年間、彰子は教養を身につけ、一条天皇に寄り添おうと努力し続けたと思われます。

彰子のサロンには、紫式部や和泉式部《いずみしきぶ》、赤染衛門《あかぞめえもん》など、文才に秀でた女性が女房として仕えたことがよく知られていますが、彼女自身も勤勉で頭のよい女性でした。

紫式部に漢詩文をこっそり習っていたのは、その好例でしょう。

一般的には漢文は男が読むものとされる時代でしたが、彼女は夫が触れている世界を知りたかったのではないでしょうか。「教えてほしい」と紫式部に伝えたようです。控えめな性格だった彰子は、目立つことを嫌う紫式部と波長が合ったのかもしれません。

進講は一度限りではなく、ひそかにしばらく続いていたようです。

では、彰子と紫式部の関係性はどのようなものだったのでしょうか。

実は、「紫式部」という名を授けたのは彰子だとする説もあります。『源氏物語』を読んだ彰子は登場人物の「紫の上」をたいそう気に入り、その名をとって「紫式部」という名を考え、実際にそう呼びはじめたといわれているのです。

また、『紫式部日記』には、

「辛いことも多い中で心をなぐさめるには、このような御方（彰子）を、探してでも仕えるべき」

「（彰子に仕えていると）普段の沈んだ気持ちを忘れてしまうのは不思議だ」

といった内容の記述があり、紫式部が彰子に仕えることで救われていたような面が垣間見えます。

父の操り人形から意思をもつ女性へ。政界の有力者として成長していく

中宮（後に皇后）定子は、彰子の入内と同時期に敦康親王《あつやすしんのう》を産んでいます。そして定

子は翌年、内親王出産後に亡くなってしまうのです。彰子は、一条天皇の定子とその遺児への深い愛情を知っていたのでしょう。

定子の遺児、敦康を養育したのは、その時点ではまだ子どものいない彰子でした。彰子が男児を産まない場合にそなえて、親王の養祖父の立場を確保しておきたいという道長の指図でしたが、彰子は敦康に惜しみなく愛情を注ぎ、大切に育てたと伝わっています。

父・道長に言われるままに入内した幼い彰子は、后としての年月を重ねながら、次第に自分の意思を表明する女性になっていきます。紫式部の進講によって学識を深めたことも影響していたかもしれません。

一条天皇は病を得て従兄弟の三条《さんじょう》天皇に譲位する際、敦康を東宮（次期天皇）にと切望します。しかし、彰子が産んだ敦成を東宮にしたい道長はこれを退けます。歴史物語の『栄花物語』には、彰子が道長に抵抗し、敦康を東宮にするよう談判したという記述があります。

まだ20代半ばの彰子が実質的な最高権力者の道長に逆らうのは、勇気のいることだったでしょう。

敦康は一条天皇が深く愛した定子の遺児であり、第一皇子でもありました。わが子ではなく敦康を東宮にするのが筋だと抗議した彰子は、優しい心根と強い正義感のもち主だったように思われます。

一条天皇の退位後、彰子は皇太后となり上東門院《じょうとうもんいん》と呼ばれるようになります。

一条天皇が32歳の若さで亡くなると、彰子は次第に発言力を強めていきました。

「この世をば……」（57ページ参照）と、この世のすべてを手に入れたと自画自賛した道長は、52歳のときに息子の頼通《よりみち》に地位を譲り、その2年後に出家します。

経験に乏しい頼通は何かと彰子を頼りにし、彰子もそれに応えて藤原摂関家を支えました。

彼女は39歳で出家して上東門院となりますが、筋の通った人事をするように提言するなど、公正な姿勢は人々に尊敬されたようです。政治的な影響力は、出家後も衰えませんでした。

30代、40代で亡くなる人が多かったこの時代にあって、彰子は87歳の長寿を全うして

藤原彰子の他、藤原氏一族が埋葬された宇治陵。

います。その間、後一条《ごいちじょう》天皇（敦成）、後朱雀天皇（敦良）という2人の息子だけでなく、後三条《ごさんじょう》天皇（孫）、白河《しらかわ》天皇（ひ孫）と、直系の親王が次々と即位しました。この後の皇統は彰子の血を継いでいったのです。

彰子は、夫の一条天皇の没後は政治にも介入して権力の一翼を担うまでになり、「賢后《けんごう》」と讃えられています。まさに国母の名にふさわしい女性だったといえるでしょう。

幼く内気な后から政界の有力者へ。ダイナミックな変貌を遂げた彰子は、藤原氏とその周辺の人々が埋葬される京都の宇治陵で、静かに眠っています。

藤原定子

ふじわらのていし

25歳で亡くなった一条天皇妃。
愛され過ぎた悲運の后だった

生年	976年
没年	1000年
生地	京都
没地	京都
配偶者	一条天皇

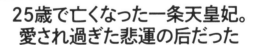

系図

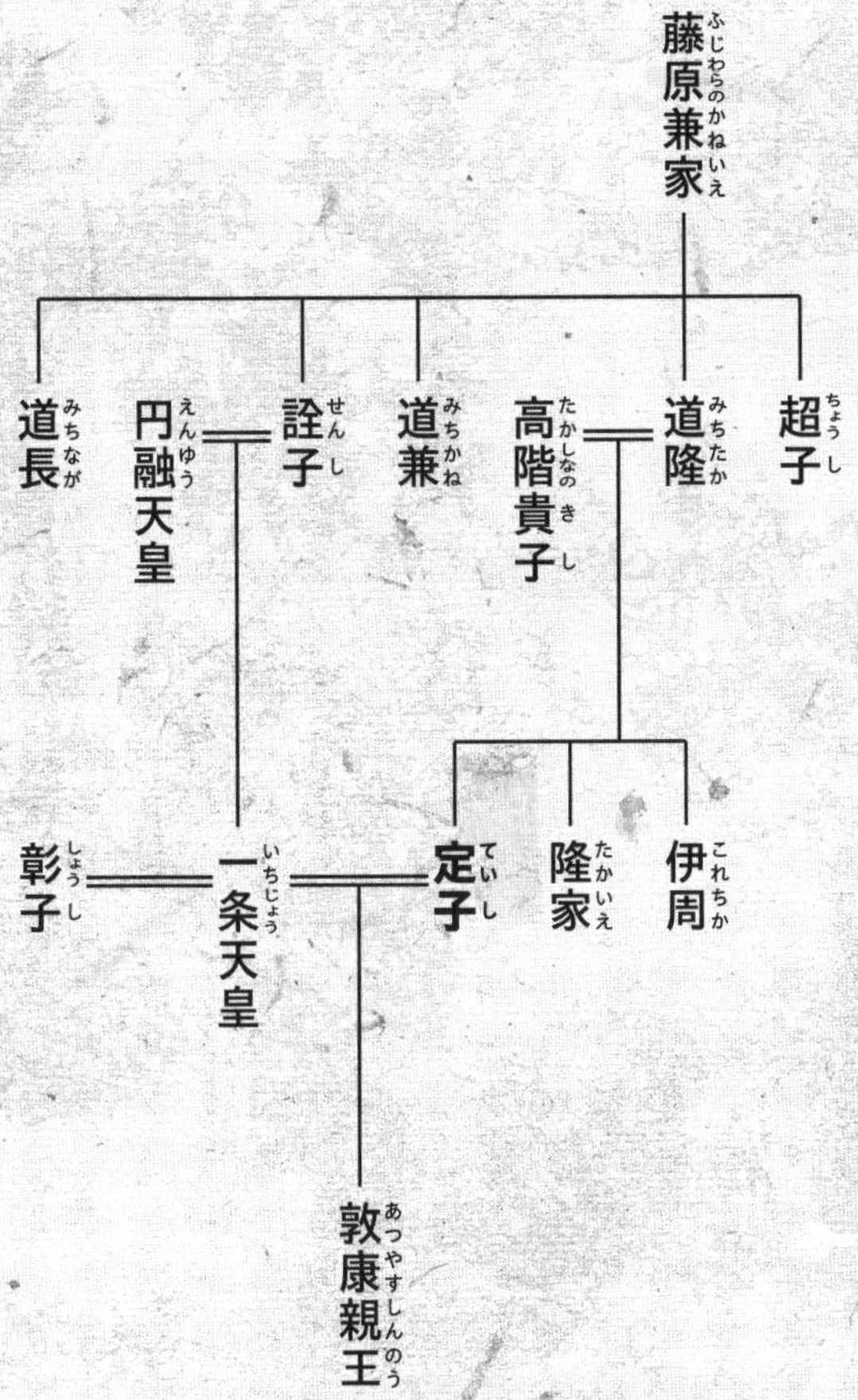
藤原兼家《ふじわらのかねいえ》
超子《ちょうし》
道隆《みちたか》
高階貴子《たかしなのきし》
道兼《みちかね》
詮子《せんし》
円融天皇《えんゆう》
道長《みちなが》
伊周《これちか》
隆家《たかいえ》
定子《ていし》
一条天皇《いちじょう》
彰子《しょうし》
敦康親王《あつやすしんのう》

❀出家した定子を思い切れない一条天皇。強引に復縁にもち込み周囲の反感を買う

定子は、道長《みちなが》が台頭する前に栄華を誇った藤原道隆《ふじわらのみちたか》の娘。道隆は道長の長兄で、定子は彰子のいとこです。

定子は、一条《いちじょう》天皇が成人の儀である元服をした990年に入内しています。一条天皇11歳、定子15歳の初々しく仲睦まじいカップルでした。5年後、関白だった定子の父・道隆が病死し、このころから彼女の周囲に暗雲が垂れこめます。

996年、道長との政争に敗れた兄の伊周《これちか》が、弟の隆家《たかいえ》とともに遠方へ左遷される事件を起こします。定子は身ごもっていましたが、事の大きさに絶望したのか、出家してしまいます。その後、定子は女児を産み、内裏を離れて暮らしていました。しかし、一条天皇の定子への愛着は周囲の想像を超えて深く、思い切れない天皇は、彼女が還俗《げんぞく》（僧侶になった者が、俗人に戻ること）したとして復縁してしまうのです。

当然のことながら、周囲はこれを快く思いません。ご意見番ともいうべき藤原実資《ふじわらのさねすけ》は、その日記『小右記』の中で、「中宮は本当は出家していなかった、などと言いつくろう

者がいるが、そんなことがあるものか」と批判しています。天皇には后を出自に応じて処遇し、血筋のよい子孫を残す責任があります。罪人が出た家の娘で、俗世を捨てた女を再び入内させるとは何事か、となるわけです。

清少納言と紫式部。2人が書き残したものから見えてくるものは……

定子の女房の清少納言《せいしょうなごん》が『枕草子』を書いたのは、この不遇の時代だったとされています。現実は辛く苦しい。しかし彼女の筆は軽やかで、ユーモアを交えながら後宮のエピソードを語ります。

再びの入内後、定子は男子（敦康親王《あつやすしんのう》）を授かります。出産は、彰子の入内とほぼ同時でした。しかし翌年、定子は二女となる内親王出産後に亡くなります。遺児の敦康は彰子に引きとられ、愛情深く育てられています。

定子の死から数年後、紫式部が彰子の女房として仕えはじめます。『紫式部日記』は彰子の出産や宮仕えの日々を書きつづったものですが、日記の中で紫式部が定子に触れることは、ついに一度もありませんでした。

一条天皇《いちじょうてんのう》

大きな政変がなく、文化が花開いた時代の天皇

生年　980年
没年　1011年
生地　京都
没地　京都
配偶者　藤原定子（正室）、藤原彰子（正室）、藤原義子、藤原元子、藤原尊子、御匣殿

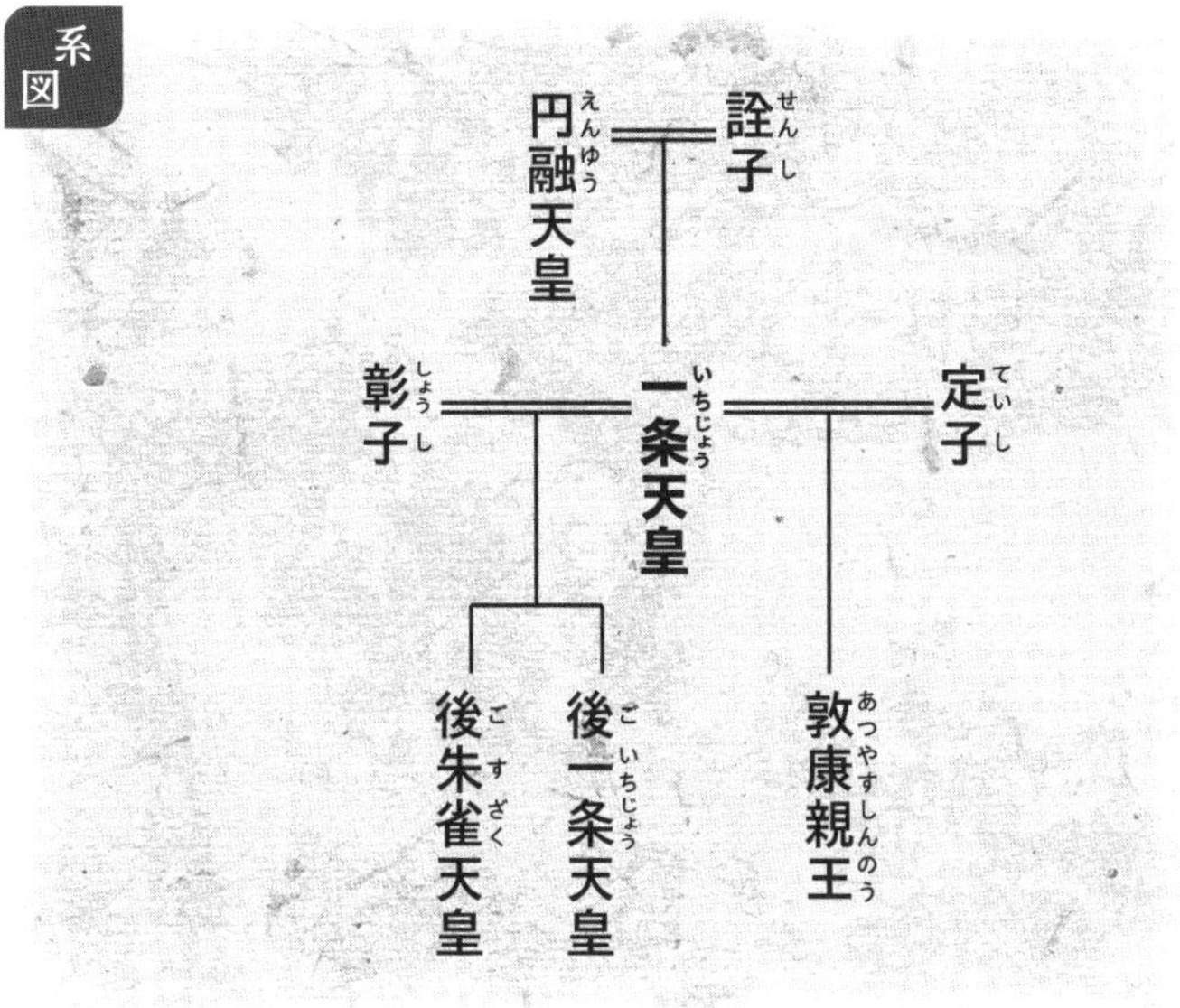

✿文化芸術を愛した温和な天皇。横笛の演奏に清少納言も聞き惚れた

円融天皇と藤原詮子の第一皇子としてこの世に生を受けたのが、第66代天皇・一条となる懐仁《やすひと》です。懐仁は5歳で東宮になり、7歳で即位して天皇となりました。7歳の少年に国を治められるわけもなく、実際に政を仕切っていたのは摂政の藤原兼家《ふじわらのかねいえ》でした。

兼家の跡を継いだ道隆《みちたか》は、一条天皇が11歳で迎える元服《げんぷく》を待って娘の定子《ていし》を入内させます。そして道隆の死後、権力の座についた道長は、やはり娘の彰子《しょうし》を入内させます。このとき、一条天皇は20歳になっていました。

温和で学才に優れていた彼は、廷臣《ていしん》の信頼も厚かったといわれています。公卿と協調することを重んじ、強引で時に非情な道長ともうまくつき合っていたようです。

紫式部や清少納言《せいしょうなごん》など、後の世にも伝わる有名な作品を残す女性を輩出した時代ですが、一条天皇も文化的、芸術的な活動を好み、横笛の名手でした。

『枕草子』には、天皇が公卿の藤原高遠《ふじわらのたかとお》と2人で笛を吹く様子は、「いみじうめでたし（大変すばらしい）」などという言葉では月並みすぎるほど本当にすばらしい、という記述があります。

また、『栄花物語』には、入内して間もない12歳の彰子に一条天皇が笛を聞かせるが、彰子はそっぽを向いている。「こちらをご覧なさい」と言う天皇に、彰子が「笛は聞くもの。見るものじゃないのでは」と言い返したので、「だから、あなたは幼いのだよ。私のような年寄りの言うことをやりこめるとはね。ああ、恥ずかしい」などとおどけてみせ、この応酬を女房たちが賞賛したというエピソードも語られています。

❀7歳で即位し32歳で崩御。在位25年は醍醐天皇につぐ長さ

一度出家した定子を再び入内させるほどに愛した一条天皇ですが、彰子をおろそかにしていたわけではありません。夫に寄り添おうとする彰子の健気な努力が実り、彰子は入内9年目にしてようやく敦成親王《あつひらしんのう》を、翌年には年子で敦良親王《あつながしんのう》を産んでいます。紫式部は、敦良親王の生後五十日《いか》の宴が盛大に催され、晴れ晴れとした様子で臨席する一条天皇の様子を描写して『紫式部日記』の筆をおいています。

一条天皇の在位は25年。平安時代では醍醐《だいご》天皇につぐ長さでした。

露の身の 草の宿りに 君をおきて 塵《ちり》を出でぬる ことをこそ思へ

（露のようなはかない身で、君を残してゆくことをしみじみと思う）

一条天皇は、辞世の歌としてこれを詠んでいます。彼が「君」と語りかけたのは定子なのか彰子なのかは、研究者の間でも意見が分かれています。

藤原公任《ふじわらのきんとう》

ともに宮中に
仕える才人として
面識があった

一条朝のトップクラスの文化人。
歌壇の第一人者として活躍した

生年	966年
没年	1041年
生地	京都
没地	京都
配偶者	昭平親王の娘（藤原道兼の養女）ほか

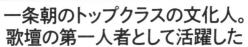

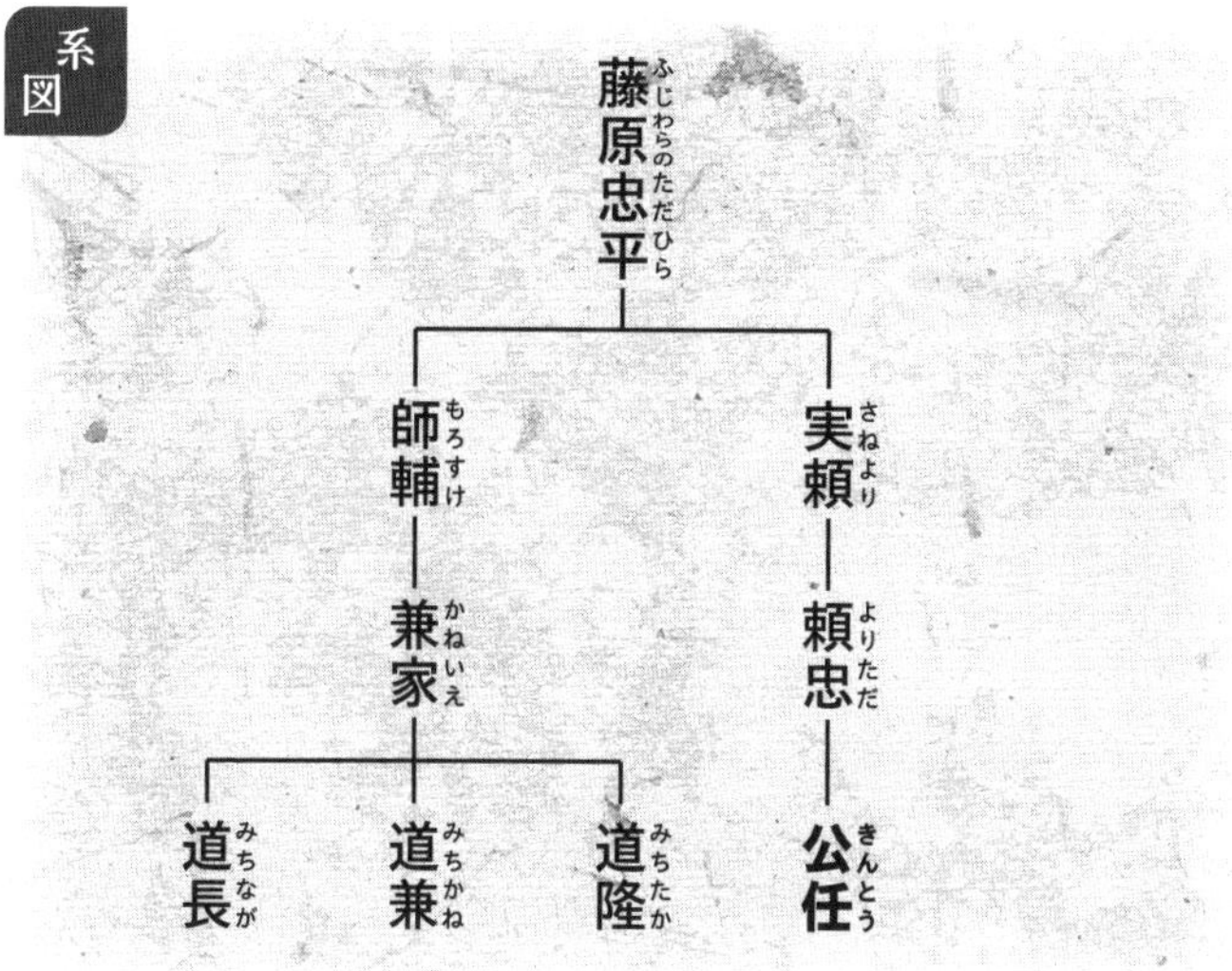

✿和歌の名手で漢詩をつくっても見事。音楽だって玄人はだしのマルチ文化人

藤原公任は、一条《いちじょう》天皇時代の公卿で、父は関白太政大臣の藤原頼忠《ふじわらのよりただ》、母は醍醐《だいご》天皇の孫という高貴な生まれ。藤原斉信《ふじわらのただのぶ》、藤原行成《ふじわらのゆきなり》、源俊賢《みなもとのとしかた》とともに「四納言」と謳われましたが、政治家としての地位は頭打ちで、ついに大臣になることはありませんでした。

公任はむしろ、優れた歌を詠み、漢詩や音楽の才もあって伝統風俗に詳しいなど、文化人として著名な人物でした。

平安時代後期に成立した歴史物語『大鏡《おおかがみ》』には、公任のマルチ文化人ぶりをよく表す話があります。舞台は道長《みちなが》が催した船遊びの宴。道長は、漢詩の船、和歌の船、音楽の船を仕立てて、それぞれに優れた人物を乗せようと考えます。道長に「どの船に乗りますか」と聞かれた公任は和歌の船に乗って秀作を詠みました。船を下りた公任は「漢詩の船に乗ったほうが、名声がもっと上がってよかったかなあ」と言いながらも、道長に「どの船に乗るか」と聞かれたこと、つまり、3つともすべてに才能があると認められたことを誇って喜んでいます。この逸話は「三船《さんせん》の才《さい》」として伝えられています。

当時、最高の文化人であった公任ですが、紫式部には、ある宴会の席で「このあたりに若紫はいるかな?」と軽口をたたいています。そのころには、すでに紫式部は『源氏物語』の作者だと知られており、彼女を紫の上になぞらえてからかったのでしょう。

これに対し紫式部は「光源氏のような人もいらっしゃらないのに、まして紫の上なんているわけない」と思いながら聞いていたと『紫式部日記』に記しています。この話には別の解釈もあります。公任が、「若紫」ではなく「わが紫」と呼んだというものです。「私の紫はいるか」と言ったとしたら、果たしてそれは一体どんな思惑からだったのか。

公任は『枕草子』にも登場します。早春のある日、清少納言《せいしょうなごん》へ公任から「少し春ある心地こそすれ」と文が届きます。これに、上《かみ》の句をつけて和歌を完成させよというのです。清少納言はこの一節が、唐の白居易《はくきょい》による詩文集『白氏文集《はくしぶんしゅう》』にある漢詩を踏まえたものであることを見抜き、自分もそれにちなみ「空寒み花にまがへて散る雪に」と返したとつづっています。

❀実家が権力の中枢からはずれたために政治家としては報われなかった

公任の家系は小野宮家《おののみやけ》と呼ばれ、祖父、父の代までは政治の主流にありました。ところがその後、権力は兼家《かねいえ》→道隆《みちたか》→道長の家系に移ります。公任が政治家としてあまり報われなかった背景には、こうした時代の変化がありました。友人に昇進で先を越されたので拗《す》ねて辞表を提出したという逸話もあります。

当代きっての和歌の名手として歌壇で活躍しており、私撰和歌集の『拾遺抄《しゅういしょう》』、和歌を論じた『新撰髄脳《しんせんずいのう》』『和歌九品《わかくほん》』、有職故実書『北山抄《ほくざんしょう》』など、多くの著作を残しています。三十六歌仙として優れた歌人を選んだのも公任で、天皇の命でつくられる勅撰和歌集には、公任の歌が90首ほども選ばれています。

藤原隆家

ふじわらのたかいえ

将来を嘱望されたやんちゃな暴れん坊。道長には目障りな存在だった!?

生年	979年
没年	1044年
生地	京都
没地	京都
配偶者	源重信の娘、藤原景斉の娘、源兼資の娘、藤原為光の娘ほか

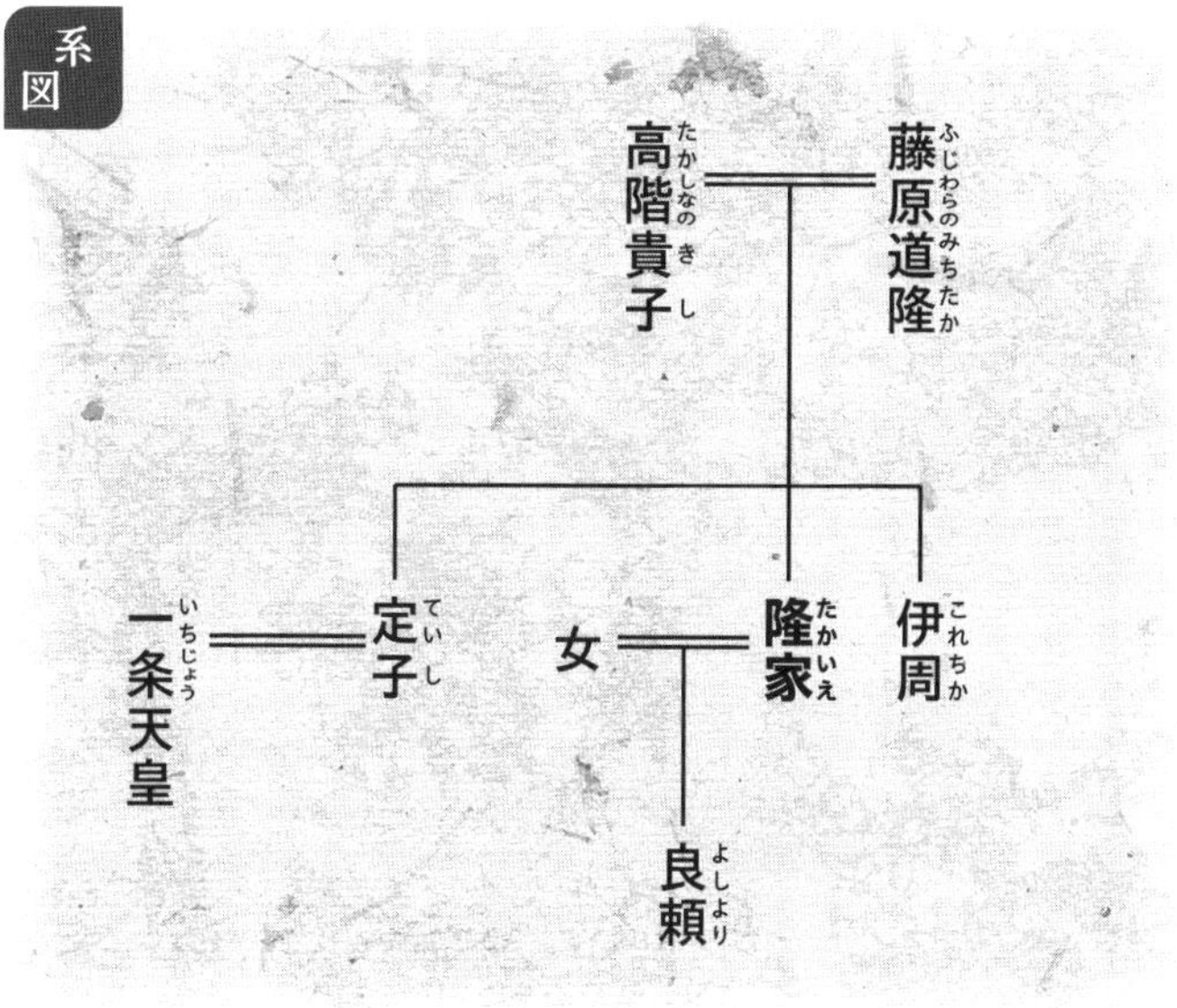

九州を異民族の襲撃から守り活躍するも出世からは遠く……

藤原道隆《みちたか》の息子で、中宮定子《ていし》の弟。将来を嘱望されていましたが、叔父の道長《みちなが》と兄の伊周《これちか》の諍《いさか》いに関わって、道長との間で乱闘を繰り広げたり、花山院《かざんいん》の一件（55ページ参照）で伊周とともに首謀者となり左遷されたりした人物です。

一方、外国の異民族が壱岐・対馬を襲った際には、大宰府にて指揮を執り、敵を撃退しています。帰京して救国の英雄と讃えられますが、道長には目障りだったのか、出世には結びつきませんでした。

源倫子

みなもとのりんし

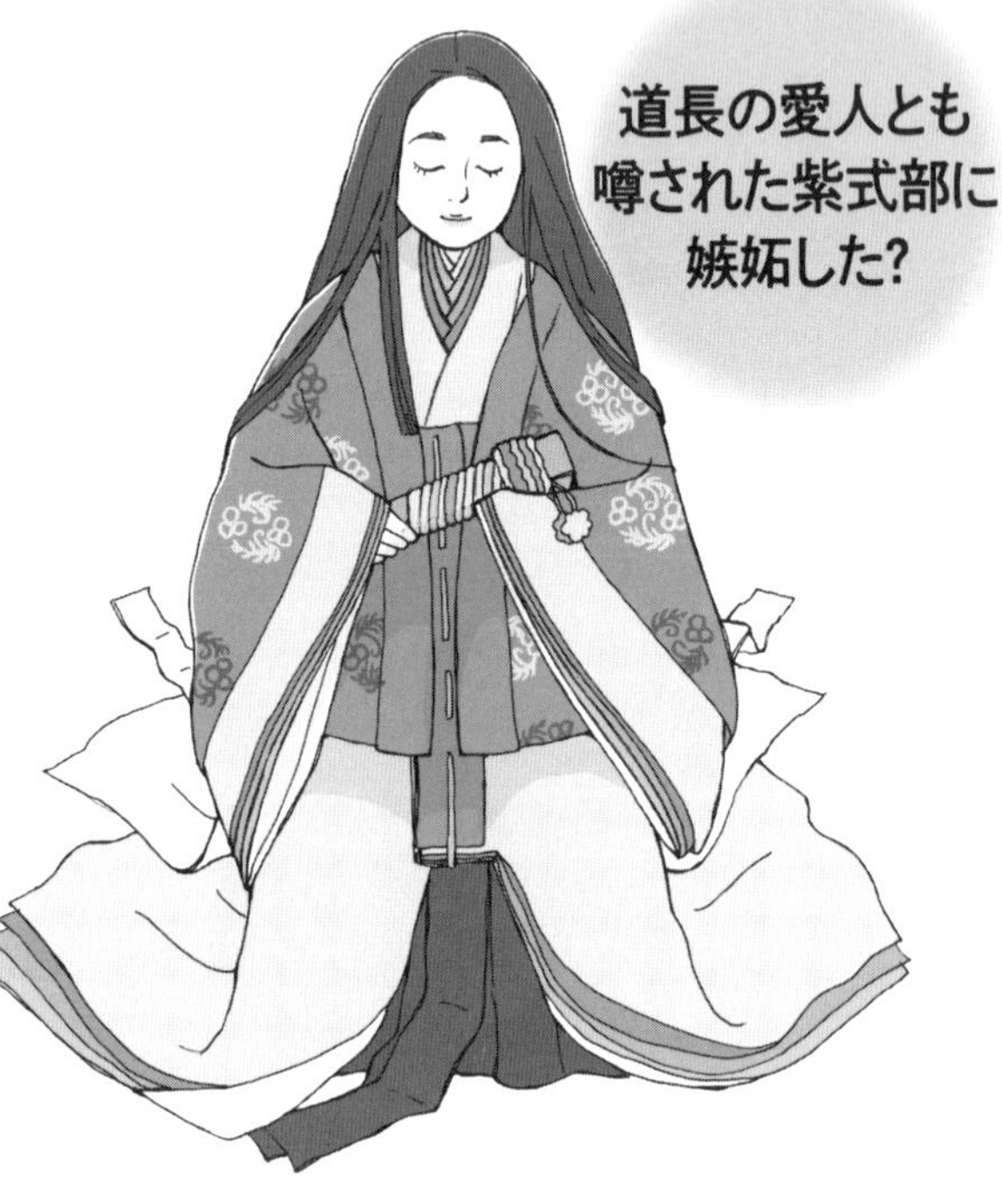

藤原道長の正妻。
道長も妻には頭が上がらなかった?

生年	964年
没年	1053年
生地	京都
没地	京都
配偶者	藤原道長

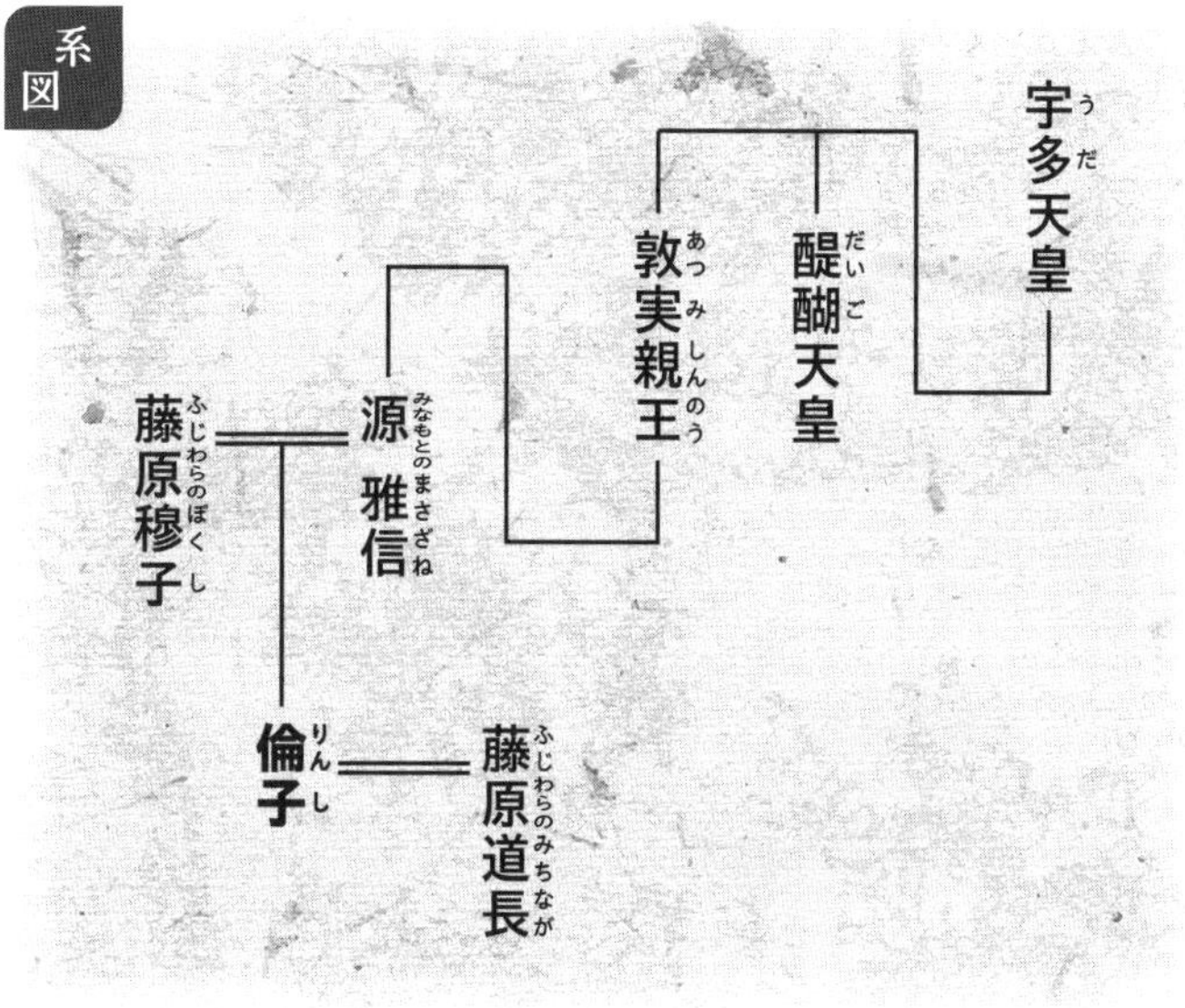

✿娘は天皇妃、息子は摂政や関白。セレブファミリーを支えた賢妻

藤原道長《ふじわらのみちなが》の正妻で、貴族の妻としては初めて「従一位《じゅいちい》」の位階を授かった女性。倫子の父・源雅信《みなもとのまさざね》は宇多《うだ》天皇の孫にあたり、娘も天皇に入内させたがっていたようです。

道長が倫子と結婚させてほしいと申し入れたとき、雅信はよい顔をしなかったとも伝えられています。この時点では、倫子の家柄のほうが格上。道長はいわば「逆玉」で、高嶺の花を妻に迎えたのです。

道長が倫子に相当気を遣っていたのではないかと思われる記述が『紫式部日記』にあります。娘の中宮彰子《しょうし》が敦成親王《あつひらしんのう》を産んだ際、浮かれた道長が「よい夫（道長）をもって、母（倫子《りんし》）も運がよかったと思っていらっしゃるよ」などと戯れると、倫子が席を立ってしまったというのです。道長はあわててあとを追って出て行きます。倫子にしてみれば、道長のほうこそ「よい妻をもって運がよい男だ」という気持ちだったのかもしれません。

倫子は道長との間に息子2人、娘4人をもうけています。その1人が一条天皇妃の中宮彰子ですが、残る娘3人（妍子《けんし》、威子《いし》、嬉子《きし》）も全員入内しています。早くに亡くなった嬉子以外は中宮となっており、それが道長の権力掌握の源にもなりました。また、息子の頼通《よりみち》は摂政・関白に、教通《のりみち》は関白の地位についています。こうして見るとまさに平安のセレブファミリーですが、道長を支えながら子どもを産み、養育した倫子の力なくしては、これほどの成功は望めなかったでしょう。

赤染衛門《あかぞめえもん》が、中宮彰子に仕える前に倫子に仕えていたことも知られています。彰子同様、倫子もまた長命で、90歳で大往生を遂げています。

三

現代の目で見る『源氏物語』

『源氏物語』に登場する主要人物

『源氏物語』には実に400人以上の人物が登場します。主だった人物だけでも40人あまり。複雑な人間模様が繰り広げられる物語の、キーパーソンとなる10人を紹介します。

第一部

光源氏《ひかるげんじ》

父は桐壺帝《きりつぼてい》、母はその愛妃・桐壺更衣《きりつぼのこうい》。3歳で母を、6歳で祖母を亡くし、父に引きとられて宮中で育つ。たぐいまれな美貌と才能をもち、恋の遍歴を重ねる。

藤壺《ふじつぼ》

桐壺更衣亡きあと、よく似た彼女が桐壺帝に入内。光源氏は藤壺に恋慕し、ついには密通する。2人の間には罪の子・冷泉帝《れいぜいてい》が生まれた。桐壺帝の一周忌のあと、出家する。

頭中将《とうのちゅうじょう》

左大臣の長男。光源氏の正妻である葵《あおい》の上《うえ》は同腹の姉（妹という説も）。生涯のライバルであり親友でもある。光源氏が須磨に退去した際は、朝廷や世間からの批判覚悟で会いに行く。

紫《むらさき》の上《うえ》

藤壺の姪に当たる血筋。10歳ほどで光源氏に引きとられ、後に妻となる。生涯にわたって光源氏に愛されるが、子を産むことはなかった。43歳で没する。

第二、三部

女三《おんなさん》の宮《みや》

朱雀帝《すざくてい》の第３皇女。光源氏へ降嫁したが、幼く、深い思慮には欠けていた。頭中将の息子・柏木《かしわぎ》に恋慕され、密通した末、罪の子・薫《かおる》を出産。その後、出家する。

薫《かおる》

表向きには光源氏と女三の宮の息子だが、実父は柏木。自分の出生に疑問を抱いている。宇治の大君《おおいぎみ》に恋心を抱くが拒否され、大君の腹違いの妹・浮舟《うきふね》に執心するようになる。

六条御息所《ろくじょうみやすどころ》

前東宮の妃だったが死別。関係をもったあと、次第につれなくなった光源氏の扱いに苦しむ。生霊となって光源氏の正妻の葵の上をとり殺した。冷泉帝の妃となる秋好中宮《あきこのむちゅうぐう》の母。

浮舟《うきふね》

光源氏の腹違いの弟・八《はち》の宮《みや》の娘。母親の地位が低く、八の宮には認められなかった。薫と匂宮に翻弄され、自殺未遂の果てに出家。生存を知った薫からの連絡を拒む。

夕霧《ゆうぎり》

光源氏と葵の上の息子。光源氏の意向によって大学寮で学問をさせられる。幼なじみの雲《くも》居雁《いのかり》と紆余曲折を経て結婚。後には、他の女性にも執着し、雲居雁を怒らせる。

明石《あかし》の君《きみ》

光源氏が須磨に退去し、明石へ移ったあと、関係した受領階級の女性。光源氏との間にもうけた娘は、後に光源氏と紫の上の養女となり、今《きん》上帝《じょうてい》の中宮になって光源氏の孫の匂宮《におうみや》を産む。

『源氏物語』のあらすじ

平安貴族たちの、約70年におよぶ壮大な人間ドラマ。彼らの栄華や苦悩の人生から、あなたは何を感じるでしょうか。

第一部・栄光への光源氏

✿母の面影を追い求めて

桐壺帝《きりつぼてい》に寵愛された桐壺更衣《きりつぼのこうい》は、世にも美しい男子を産む。しかし、帝が深く愛した桐壺更衣はこの子が3歳のときに亡くなってしまう。失意の桐壺帝は、更衣によく似た藤壺《ふじつぼ》を後に迎えた。桐壺帝は桐壺更衣の産んだ子の将来について考慮した末、親王ではなく臣下として「源」姓を与えたので、彼は「源氏」と称されることとなる。

母に次いで祖母も亡くしたこの子は、父のもとで育つ。藤壺のもとにも出入りし、彼女に母の面影を見て思いを募らせていった。元《げん》服《ぷく》した彼は左大臣の娘である葵《あおい》の上《うえ》を正妻としたが、心にはいつも藤壺への思慕があった。

さまざまな才に長け、美貌の貴公子となった源氏は「光源氏《ひかるげんじ》」といわれるようになった。恋い慕う藤壺の代わりとなる女性を探し求めるかのように、彼は、空蟬《うつせみ》・夕顔《ゆうがお》・末摘花《すえつむはな》・花散里《はなちるさと》等々をはじめとした多くの女性と関係を重ねてゆく。そうした折に藤壺によく似た少女・紫《むらさき》の上《うえ》を見出した光源氏は、自邸に引きとることとした。

藤壺への思いを断ちがたい光源氏は、ある日思いを遂げる。藤壺は罪の子(後の冷泉帝《れいぜいてい》)を身ごもり、出産。その後、桐壺帝の中宮となった藤壺は、桐壺帝の崩御後、光源氏との関係を断つ決意で出家した。

✿失意の時代を経て栄華の頂点へ

一方、光源氏の正妻・葵の上は出産を控えていた。しかし、六条御息所《ろくじょうみやすどころ》の生霊にとり憑かれ、子(夕霧)を産んだ直後に死んでしまう。その後、光源氏は紫の上と結婚した。

桐壺帝の崩御で後ろ盾を失った光源氏は、彼を快く思わない右大臣や弘徽殿女御《こきでんのにょうご》の専《せん》横《おう》に圧されるようになる。右大臣の娘である弘徽殿女御の子・朱雀帝《すざくてい》が寵愛していた朧月夜《おぼろづきよ》との密会が発覚するに至り、光源氏は窮地に陥ることになる。光源氏は紫の上や関わりのある女性たちに別れを告げ、自ら須磨に退去するのだった。

だが、時勢は変化する。桐壺帝のたたりを畏《おそ》れた朱雀帝は譲位し、冷泉帝が即位。2年ほどで都に戻ることができた光源氏は着実に権力を増し、栄華を極めていく。そして、ついに准太上天皇《じゅんだいじょうてんのう》の地位に上り詰めるのだった。

この間、父である光源氏の教育方針に反発する息子・夕霧《ゆうぎり》とその恋、頭中将《とうのちゅうじょう》の娘・玉鬘《たまかずら》をめぐる求婚譚などの物語が展開する。

第二部・苦悩する晩年の光源氏

✿葛藤と孤独の晩年

前帝の朱雀院には鍾愛《しょうあい》の娘、女三《おんなさん》の宮《みや》がいた。出家を志す朱雀帝は、四十を迎えた光源氏に娘を託す。皇女である彼女は、長年光源氏の最愛の妻の立場にいた紫の上をさし置き、光源氏の正妻となった。14歳ほどの女三の宮は、あまりにも幼く、光源氏は失望する。紫の上は女三の宮降嫁《こうか》（皇女が皇族以外のもとへ嫁ぐこと）という衝撃の事態に、健気にふるまいながらも苦悩を深め、病がちになる。

ある日、光源氏の邸で行われた蹴鞠《けまり》の遊びの際に御簾《みす》がめくれ、女三の宮は頭中将の息子・柏木《かしわぎ》に姿を見られる。柏木は垣間見《かいまみ》た女三の宮への執着を深めていった。ついには彼女のもとに忍び入り、関係を結んでしまう。女三の宮は身ごもり、表向きには光源氏の息子となる薫を産んだあとに出家する。

光源氏と藤壺との密通の末に冷泉帝が生まれたように、薫《かおる》もまた罪の子であった。昔日の自らへの報いとして、光源氏は深い思いで受けとめざるをえない。将来有望な貴公子だった柏木は、光源氏の冷たい視線ににらまれたあと、ついには衰弱死してしまう。

一方、病がちの紫の上は強く出家を願うが光源氏に許されず、この世を去る。嘆き悲しむ光源氏は、出家を思いつつ紫の上を哀悼する1年を過ごすのだった。

第三部・光源氏没後の子孫の恋の物語

✿執着と苦悩の果てに

ときを経て光源氏は故人。都では薫と、光源氏の孫の匂宮《におうみや》の世評が高い。自らの出生に疑問をもち、現世を疎んじ仏道への志を抱く青年となった薫は、光源氏の腹違いの弟・八《はち》の宮《みや》と親交を結ぶようになる。

八の宮は権力争いに巻き込まれて敗れ、2人の娘（大君《おおいぎみ》、中の君《なかのきみ》）とともにひっそりと暮らしていた。死期の迫った八の宮は、薫に娘たちの後見を託す。大君に強く惹かれていた薫は彼女に思いを訴えるが、大君はこれを退けたまま亡くなってしまう。

八の宮にはもう1人、身分の低い女性との間にできた娘・浮舟《うきふね》がいた。八の宮から娘として扱われなかった浮舟は、大君によく似ていた。薫は浮舟のもとに通うようになる。しかし、匂宮も浮舟に関心をもっており、薫になりすまして浮舟と契りを交わす。薫と匂宮の板挟みになった浮舟は、苦悩の末に入水自殺を決意。死にきれないまま親切な僧に助けられた浮舟は、出家の道を選ぶのだった。

翌年、浮舟の生存を知った薫は、浮舟へ使いを出す。しかし浮舟はその使いにも会おうとしなかった。54帖にもおよぶこの長大な物語は、「誰か他の男が浮舟を隠して住まわせているのだろうか」という薫の邪推めいた思いとともに、唐突な終わりを迎えている。

平安貴族の恋のプロセス

❁ 一目で恋に落ちる、はまずあり得なかった

『源氏物語』には、女三《おんなさん》の宮《みや》の姿に心奪われた柏木《かしわぎ》が、その後、彼女と関係をもつエピソードがあります。「姿に心を奪われる」とはいかにもありそうですが、女三の宮は柏木の前に堂々と現れたわけではありません。猫が走り出て垂らしてあった御簾がめくれ、偶然、柏木の目にとまってしまったのです。

姫君にとって、人に姿を見られるのははしたないこと*1でした。女三家族にしても、元服後の男の兄弟には顔を見せてはいけません。女三の宮のような立場の女性は本来なら昼間も御簾の内、その奥に几帳を置いてその陰で、できれば顔は扇で隠すような過ごし方をしているべきでした。高い身分の女性は周囲の女房にさえ、可能な限り顔を見ら

*1 **人に姿を見られるのははしたないこと**
12〜14歳のころに行われる成人の儀である裳着。この儀を終えた女性は大人と見なされ、家族以外の男性に顔を見せてはいけないことになっていた。

れないような心がけをしていたのです。

きれいな女性に一目惚れなどということは、現実には起こりにくかったでしょう。

ストーキングからはじまる恋!? 「垣間見」に励む男たち

では、男女はどのように出会っていたのでしょうか。

女性は顔を見られることを避けていたので、いまのような形のお見合いはありません。ただ、男性が知り合いに「素敵な女性がいる」と教えられたり、年ごろの女性の噂をそれとなく吹き込まれたりする[*2]ことはありました。

女性の親にしてみれば、娘を将来有望な男性と結婚させて、婿に家を盛り立ててほしいという思いがあります。ですから、父親や兄弟たちは、将来性のありそうな貴公子に、娘のことを売り込んだと思われます。また、娘の存在を知ってもらうために、知人や仲間の口コミを

解説

*2 女性の噂をそれとなく吹き込まれたりする
結婚の仲介者として、女房のほかにも現代の「仲人」のような者がいた。「ナカダチ」「ナカウド」と呼ばれ、言葉巧みに男女の情報をそれぞれに伝えることで仲をとりもった。

使うのです。母親や女房仲間のネットワークも稼働したことでしょう。
紫式部の場合、父の為時《ためとき》は生真面目な学者肌で、娘の縁談のために
コミュニケーション能力を発揮するような人物ではなかったようです
し、縁談に熱心になってくれる母親もすでにいなかったから結婚が遅
れたとも考えられます。
さて、男性は、垣根などの隙間から相手をこっそりのぞき見る「垣《かい》
間見《まみ》」をすることもありました。いわゆる〝のぞき〟である垣間見は、
相手の姿が見られない当時にあって、恋がはじまるきっかけになりま
した。光源氏が紫《むらさき》の上《うえ》を見出したのも、垣間見によるものです。ただ、
垣間見はいわばストーキングですから、女性のほうとしては「恋のき
っかけ」などといってはいられない、不快感や恐怖心があったかもし
れません。
噂や垣間見によって女性の存在を知った男性が相手に懸想文《けそうぶみ》*3を
送るというのが、この時代の恋愛スタートの定番でした。

*3 **懸想文**
恋文のこと。

❀和歌を送り合って、お互いの気持ちを確かめる

顔も声も性格もなかなか知りえない、平安貴族たちの恋愛のはじまりに重要な役割を果たしたのが和歌でした。

男女は和歌を詠み添えた手紙のやりとりを通じて、お互いの感触をさぐりました。男性は情熱的に、女性のほうは、最初の内はやや冷たく切り返すのが当時のおきまりのスタイルだったともいわれています。

もっとも、この手紙で重要となるのはそこで詠まれた歌そのものであるのはもちろんですが、場合によっては歌よりもむしろ、書かれている筆跡の美しさや墨のつき方、用いている料紙や、その料紙にたきしめた香などのほうが注目されていた[*4]ようです。そうしたさまざまなところにその人の教養やセンス、人柄が表れるとされていました。

男性は気になる女性にこうした和歌を添えた懸想文を届けます。すぐに返事がもらえなくても、あきらめずにくり返し届けることもあっ

解説

*4 歌よりも〜注目されていた
『源氏物語』でも光源氏が、自分がかかわってきた女性たちの筆跡をさまざまに評している場面がある。逆も然りで、男性から女性に送られてきた手紙について、料紙と添えられた花の色があっているかどうかなどでセンスを評価された。

たようです。色よい返事がもらえれば、女性の家を訪れる＊5という次のステップに向かいます。ただ、ようやく女性の家を訪れることができても、最初は女房を介して話をするだけです。女性本人の声を聞くところまでたどり着くにはまだまだ道のりは遠いのです。関係をもつまで相手の顔を知らないのは、当然のことでした。

✿光源氏と和歌のやりとりをしなかった女性とは――？

和歌は恋のはじまりだけではなく、恋愛の進行中にもやりとりされました。

『源氏物語』では、六条御息所《ろくじょうみやすどころ》が光源氏《ひかるげんじ》に次のような和歌を届けています。

袖ぬるる　こひじとかつは　知りながら　下り立つ田子の　みづからぞうき

＊5 **女性の家を訪れる** 両親公認の仲となり女性の母屋に通されるころには、2人が寝所で過ごす間、女性側の親は結婚の成立を願い、男性の沓《くつ》を懐に抱いて寝る慣習があった。

（辛い恋だとわかっているのに、深みにはまってしまうわが身のつたなさよ）

六条御息所は、切ない思いを光源氏に伝えた*6のです。しかし、これに対する光源氏の返歌はおざなりなもので、六条御息所のもとへ訪れることもありませんでした。そういうところに2人の関係のありようがあぶり出されています。

ところで、恋多き光源氏は、物語の中で多くの女性と和歌をやりとりしています。ところが、一度も和歌を送り合っていない女性がいます。正妻の葵《あおい》の上《うえ》です。

左大臣家で大切に育てられた葵の上ですから、和歌が詠めないはずはありません。和歌はしばしば詠む人の心の内をさらけ出します。紫式部は、葵の上の和歌をあえて表現しないことによって、本心が見えにくい葵の上像を巧みにつくり上げたといえるでしょう。

解説

＊6 六条御息所は〜伝えた
恋愛関係にある男女が和歌をやりとりする場合、女性のほうから先に歌を送るのはたいへん異例なことだった。それだけ六条御息所が抑えきれない思いを溢《あふ》れ出させたことがわかる。

天皇の后にはランクがあり正妻になるのは出自のよい女性『格付け』される女たち

1人の男性が多くの妻をもつのが当たり前だった平安時代。しかしその妻たちの立場は家柄や実家の経済力によって明確に区別されていました。

更衣↓女御↓中宮の順で格が上がる

「いづれの御時にか、女御、更衣あまたさぶらひたまひける中に、いとやむごとなき際にはあらぬが、すぐれて時めきたまふありけり。」

『源氏物語』の有名な書き出しです。女御と更衣は、どちらも天皇の妃ですが、立場は更衣より女御が上でした。こうした格付けは出自で決まります。

物語は「いとやむごとなき際にはあらぬが、すぐれて時めき給ふ」――さほど高貴な身分でもないのに寵愛を受けている、と続きます。桐壺更衣は特別高い身分でもなく、有力な後ろ盾もなかったため、后としては下位の立場でした。そのような更衣の分際で、女御をさし置いて天皇の寵愛を一身に受けたから、他の后の反感を買ったのです。

后として、女御よりさらに位が上なのが中宮です。

藤原道長《ふじわらのみちなが》は娘を入内させるにあたり、それまで中宮だった定子を「皇后」にし、娘の彰子を「中宮」にしますが、皇后と中宮は同格の扱いです。皇后、中宮がいわば正妻で、その下に女御や更衣がいたわけです。

✿一般貴族の妻にもついて回った身分の差

格付けされたのは天皇の后だけではありません。一般貴族の妻も同様でした。

最も立場の強い正妻格は、多くの場合、1人だけで、家柄がよくて実家に経済力のある女性がおさまります。あとはいわば側室です。紫式部が藤原宣孝《ふじわらののぶたか》と結婚した時にも、宣孝にはすでに妻と子どもがいました。

平安時代はよく一夫多妻制といわれますが、「一夫一妻多妾制」ととらえる研究者もいます。正妻とその他の妻たちとは対等ではなく、産まれた子どもの扱いなど、その待遇には大きな差がありました。

「その他の妻」でさえない一時的な、いわば「愛人」は、もっと顧みられなかったことでしょう。

この時代には、身分の差がどこまでもついて回ったのです。

平安貴族の結婚事情

❁「恋愛と結婚は別」が当時の常識だった

恋をして、愛する人と結婚する*7。現代では当たり前のように思われることですが、『源氏物語』が書かれた平安時代の貴族たちにとっては「恋愛と結婚は別」が常識でした。

手順を踏んだ正式な結婚とは一族繁栄のための1つの手段であり、好き嫌いの感情は二の次。結果的に相性のよいカップルが生まれることはあったでしょうが、結婚の目的は愛する人と結ばれることではなかったのです。

正式な縁談は多くの場合、親や後見人が決め、当事者の女性がそれを拒否することはまずありませんでした。男性にとっては、有力者の娘を妻にすれば引き立ててもらえるでしょうし、子どもが産まれれ

*7 **愛する人と結婚する**
平安時代の結婚や恋愛については、身分や立場によっても自由度が異なるため、いまだにわからない部分も多い。ただし、上流貴族女性が男性に自ら恋をする、という機会は非常に少なかったと思われる。だからこそ、『源氏物語』をはじめとしたさまざまな物語の中では、理想的な貴公子が登場し、彼に〝恋〟する女性たちが描き出される。当時の貴族女性たちの憧れを映したのが「物語」であったのかもしれない。

ばそれは有力者の孫になります。

男性がこうした「よい縁談」に恵まれて話を進めていくためには、本人自身の血筋がよいことや、すでに官位もそれなりの立場にあって人々からよい評判を得ていることなどが必要です。あるいは、その時点ではそれほどの立場になくても、将来性を認めてもらえることがよい縁談に結びつく大切な条件となりました。

『源氏物語』では、光源氏《ひかるげんじ》の最初の正妻は葵《あおい》の上《うえ》です。光源氏は12歳で元服すると、左大臣の娘である葵の上と結婚＊8しています。これは光源氏の意思ではなく、父の桐壺帝《きりつぼてい》が息子の後ろ盾に左大臣をと考えてのことでした。

また、左大臣も、すべてに秀でた光源氏の将来性を見込むとともに、桐壺帝が愛する光源氏を娘の婿にすることで、桐壺帝との政治的連携を企図していたのです。光源氏と葵の上は恋愛感情で結ばれたわけではなかったこともあって、実際、2人の関係はしばらくの間ギクシャ

解説

＊8 葵の上と結婚
皇子や東宮の元服では、当日の夜に添臥《そいぶし》と呼ばれる女子を添い寝させる慣習があり、葵の上は添臥に選ばれそのまま正妻となった。葵の上は16歳で光源氏と結婚したが、このころは元服が低年齢化していたため、結婚が可能な女性を選ぶと必然的に年上の女性になることが多くあった。

ク*9しています。

容姿端麗な上流貴族ならどんな相手だって好きに選べたはず、というのは現代の感覚でしょう。地位や身分が高いほど、結婚相手の血筋や経済力は重視されました。光源氏と葵の上の場合もいわば政略結婚でした。貴族階級は結婚を通じて、より高い身分と立場、よりよい血筋、そして経済的に潤うことを目指したのです。

❀男性の浮気や不倫には寛容な？社会

正式な結婚は双方の親同士が決めていましたが、それとは別に恋愛が進行することもありました。『源氏物語』には、貴族階級のさまざまな恋模様が描かれています。ただし、数少ない例外*10を除いて、相手をとっかえひっかえしているのは男性です。女性は基本的に、選ばれるのを待つ身でした。

この時代の政治を動かしていたのは男性です。社会制度は男性優位

---

*9 **2人の関係は～ギクシャク**
体調を崩してしばらく療養していた光源氏が、久しぶりに葵の上のもとを訪れた際、身じろぎもしない葵の上に光源氏が「具合はどうですか、と聞いてもくれないのですか」と投げかけても、光源氏がめったに訪れないことの恨みを口にする葵の上の姿が描かれ、2人がしっくりしない関係であることが知られる。

*10 **数少ない例外**
源典侍《げんのないしのすけ》は、50代後半にして光源氏と頭中将《とうのちゅうじょう》の2人と自ら関係をもち、朧月夜《おぼろづきよ》は朱雀帝《すざくてい》に寵愛されながらも光

でしたし、いまのような男女平等という価値観もありませんでした。身分の高い男性が正妻の他にも複数の妻をもつことは当然のこととされていました。

当時は階級社会でしたから、男性が、身分が下の女性を行きずりの相手にしたり、人妻に手を出したりすることにもわりあい寛容でした。『源氏物語』に登場する男性がさまざまな女性と関係をもっているのは、こうした価値観があったからです。

『源氏物語』に描かれる光源氏の心の中にはいつも、亡くなった母に似ている藤壺への思慕*11がありました。高貴ではあっても心のこもったコミュニケーションがとり合えない妻（葵の上）を迎えた彼は、誰かとあたたかい関わりをもちたいと思ったことでしょう。それは、母性を求める気持ちであったかもしれません。その願いが許される社会だったから、光源氏は多くの女性と関係をもったとも考えられます。

源氏と密通している（詳しくは138～140ページ）。

解説

*11 **藤壺への思慕**
光源氏は幼くして実母を亡くしており、欠落した"母"の存在が理想の女性探しの動機となっていた節がある。

❁光源氏をめぐる女性たち

光源氏と関係をもった女性たちの何人かを見てみましょう。

光源氏がたまたま通りかかった、美しい花の咲く家の主だった夕顔《ゆうがお》。互いに素性を明かさず逢瀬を重ねますが、光源氏が人目を避けて誘った廃院で、女のもののけにとり憑かれ亡くなります。

末摘花《すえつむはな》はたびたびの光源氏からの手紙になかなか返事を送りません。しびれを切らした光源氏は、女房に手引きをさせ半ば強引に契りを結びます。しかし、末摘花の鈍い反応や容貌に落胆*12し、足が遠のき、次第に忘れ去ります。

10年以上のときが過ぎ、たまたま邸の前を通りかかった光源氏は、長い間自分のことを待ち続けていた末摘花に心打たれ、面倒を見ることを決意します。

---

*12 **容貌に落胆**
末摘花の容姿はやせていて胴長で、鼻は長く垂れ下がり、鼻先は紅花で染めたように赤く、肌は青白くおでこが広く、顔の下半分が長いと記されている。

❀待つ身の女性にはさまざまな葛藤が

この時代、女性は男女関係において選択権がありませんでしたが、世の中のしくみと人の気持ちとはまた別の問題です。

『源氏物語』には、天皇の寵愛を受けた桐壺更衣に嫌がらせをする弘徽殿女御《こきでんのにょうご》、生霊*13となって、光源氏の子を産んだ葵の上をとり殺してしまう六条御息所《ろくじょうみやすどころ》、玉鬘《たまかずら》のもとに向かう夫に灰を浴びせかける髭黒《ひげくろの》大将《だいしょう》の妻など、嫉妬に苦しむ女性が描かれています。厳然とした身分制度の中で、女性たちもまたさまざまな思いを抱き、生身の人間としての葛藤があったに違いありません。

人は、生まれた場所や時代の価値観の中で生きています。その価値観が、ときに生きづらさや息苦しさを生むのは、いまも同じでしょう。

遥か昔に生きた人々の、そうした心理がつぶさに描かれているからこそ、『源氏物語』は千年のときを経て読み継がれているのでしょう。

解説

*13 **生霊**
生きている人の体から抜け出し、人にとり憑いて災いをもたらすもの。平安時代は、少しでも異常なことがあれば生霊やもののけ（人にとり憑き、病をもたらし、死に至らしめることもあるとされた霊的存在）といったもののせいにすることが多々あった。

恋愛に欠かせない和歌には
アンチョコがあった!?
必携『古今和歌六帖』

貴族の暮らしには
和歌を詠む機会がたくさんありました。
そこには苦労もあったようで
ときにはマニュアル本の助けを借りて
ピンチをしのいでいたようです。

✿和歌の名手は一目置かれる存在だった

平安時代の恋愛に、和歌は欠かせないものでした。相手から思いのたけを託した歌を送られ、心揺さぶられることもあったでしょう。和歌がうまく詠める人は、異性として魅力的に映ったはずです。

和歌は恋愛がらみの場面でだけ詠まれたわけではありません。当時の人々にとっては、人づき合いの重要なツールでした。挨拶やお礼の文に添える、友との別れを惜しむ、宴会の席で一首など、和歌を詠む機会がたいへん多かったのです。1つの言葉に複数の意味をもたせる掛詞《かけことば》を入れるなど、気の利いた歌が詠めれば、周囲の人にも感心されました。異性としてだけでなく、仕事人、社会人としてもできる人だと思われたわけです。

清少納言《せいしょうなごん》は『枕草子』に、藤原公任《ふじわらのきんとう》と漢詩の知識を踏まえた和歌遊びをしたと記していますく98～99ページ参照）。もっとも、清少納言自身は和歌が苦手だったようですが。

和歌は貴族のたしなみでしたから、子どもたちは家庭で手ほどきを受けました。得意な使用人が、主家のお嬢さんやお坊ちゃんに教えることもあったようです。

✿状況別に歌が検索できる？マニュアル本

紫式部の時代は、なんといっても勅撰集の『古今和歌集』がさまざまな美意識の規範となるものでした。また、当時、多くの貴族の家には『古今和歌六帖《こきんわかろくじょう》』という全6巻のマニュアル本のようなものがあったといわれます。

春の歌、夏の歌など季節別の巻、恋愛やお祝い、別離などシチュエーション別の巻というように分かれていて、それぞれの例になる歌が載っています。例えば恋愛の歌なら、「最初に届ける歌」「相手はあまり乗り気ではない」などと進展別に「検索」できる、至れり尽くせりの親切編集です。ここからよさそうなものを選び、少し変えて自分の歌にすることもあったようです。

うまく詠めないときに代作を頼むこともありました。赤染衛門《あかぞめえもん》は代作の名手だったといわれています。

平安貴族の結婚手順と離婚

❁結婚に至るまでのさまざまなプロセス

現代の結婚は婚姻届を提出すれば成立しますが、平安時代に婚姻届はありません。結婚はどのように成立したのでしょうか。

この時代は、男性が女性のもとに3日間続けて通うのが結婚の証でした。一晩限りの訪問だったり、間が空いたりしてはいけません。『落窪物語《おちくぼものがたり》』*14には、3日目に大雨が降って男性が「行けない」と手紙をよこす場面があります。こうなると「妻」とは認められていないことになるわけで、女性側が怒ったり困惑するのはもっともです。

男性が気になる女性に懸想文を届け、何度かのやりとりを経て女性の家に3日間通う――これが結婚の基本的なプロセスですが、そこに行き着くまでは、いろいろな段階がありました。

---

*14『**落窪物語**』
900年代末ごろに成立したとされる物語。作者不明。主人公は落ち窪んだ部屋に住まわされ、継母からいじめられる薄幸の姫君。

男性が最初に届ける懸想文は多くの場合、姫君の乳母や女房に「検閲」されました。よかろうと判断されて初めて姫君に手紙が渡ります。最低限の「身体検査」は、この時点でされているわけです。

文のやりとりの末に訪問の運びになっても、思い立ったらすぐというわけにはいきません。しかるべき吉日を選び、相手の親に承諾を得たところで女房が姫君の寝所*15に手引きしてくれる段どりでした。男性が訪問を許されるのは、さしずめ現代の婚約ということになるでしょうか。

男性は何でも好き放題にできたわけではなく、結婚となればきちんと段階を踏む必要があったのです。光源氏《ひかるげんじ》は偶然見かけた朧月夜《おぼろづきよ》といきなり関係をもったり、たまたま出向いた邸で空蟬《うつせみ》に強引に迫ったりしています。女性と文のやりとりを重ねて交際を深めていった当時の常識からすると、これはマナー違反だったかもしれません。

男性の訪問3日目の夜には2人に餅（三日夜餅《みかよのもちい》）が届けられ、これ

解説

*15 **寝所**
平安貴族の住まいは寝殿造りという建築様式だった。屋根はたいてい檜皮葺《ひわだぶ》きで、耐久性に優れ非常に美しいつくりだったが、室内は風が吹きさらしだった。

をともに食べるのが夫婦になったしるしです。この晩は女性の家で親族や知人に男性をお披露目する露顕《ところあらわし》の儀《ぎ》が行われ、２人は晴れて夫婦と認められるのです。

❀「通い婚」とは限らない。同居する正妻の立場は強かった

平安時代の婚姻形態*16は「通い婚」だといわれます。夫婦は別々に暮らし、夫が妻の家を訪ねていく*17結婚の形ですが、夫婦の形態がずっと通い婚だったわけではありません。通ったあと、一定の期間を経て正妻と共に独立して暮らす場合が一般的でした。正妻の両親が若夫婦に家を譲って別に住むというケースなどもありました。

貴族の男性は正妻以外にも複数の妻をもちましたが、普段は正妻とともに暮らし、ときどき他の妻の邸を訪れるという形がよくありました。正妻は他の妻たちと比べ圧倒的に強い立場でしたから、夫に不満があれば、あからさまに態度で示すこともあったのでしょう。

---

*16 **平安時代の婚姻形態**
このころの庶民の結婚はいわゆる通い婚だった。男性は気に入った女性に求愛し、成立すれば結婚。生まれた子どもは集落の女性全体で育てたとされる。

*17 **夫が妻の家を訪ねていく**
平安貴族は自らの足で歩いて外出することはほぼなく、牛車や馬、船、輿《こし》での移動が基本だった。乗り物は身分により使用できる種類が定められていた。

『源氏物語』で、葵《あおい》の上《うえ》は光源氏にずっと冷たい態度をとっていますが、これも正妻という立場があってのことといえるかもしれません。深く愛されながら、正式な手順を踏んだ結婚ではなかった*18ため、ついに正妻とはいいがたかった紫《むらさき》の上《うえ》が苦悩を深めていくことになったのに比べると、葵の上の強気ぶりは対照的です。

この時代は、妻の実家が男性を迎え入れる「婿取婚」でもありました。新婚夫婦の生活の面倒を見るのは妻側です。だからこそ、男性にとって財力のある家の女性が魅力的だったのです。貴族であっても経済的に苦しい家の娘は、なかなか結婚にこぎつけられませんでした。

男性は妻の家の血筋や人脈、財力の支援を得て上を目指す。女性は見どころのある夫をもって一門繁栄に貢献するというのが結婚の目的だったので、皇女の結婚はハードルが高く、基本的に身分の低い相手との結婚は許されないことでした。

葵の上亡きあと、光源氏の正妻の座には皇女の女三《おんなさん》の宮《みや》がついてい

解説

***18 正式な〜結婚ではなかった**
紫の上には、頼りになる後ろ盾がなかった。幼少のころに、光源氏に連れてこられ同居することとなった。現代でいう事実婚のような状態だった。

ます。これは、彼女の父の朱雀帝《すざくてい》が熟慮の末に、光源氏なら娘を託すに値すると判断してのことでした。

夫婦別れはあいまいな「なんとなく離婚」

いまの日本では約3組に1組が離婚しています。平安時代にもうまくいかない夫婦はいたはずですが、当時の離婚はどのような形だったのでしょう。

平安時代には、婚姻届と同様に離婚届もありません。ですからはっきりと「別れましょう」ということはありませんでした。男性が通わなくなる状態を「夜離《よが》れ」などといい、この状態が続くことが、実質的な離婚を意味しました。

離婚となるのは、訪問が途絶えて3年ほど*19が目安かといわれています。つまり、結婚も離婚も、男性の気持ち次第だったということになります。とくに、正妻に比べると立場が弱かった他の妻たちは、

*19 **訪問が途絶えて3年ほど** 『伊勢物語』に、宮仕えに出た夫を待ちわびる女のもとに、他の男が熱心に言い寄ってきたという話がある。ついに女はその男と逢うことにしたが、なんとその晩、夫が帰ってきて……。という、夫を愛し続けた女の悲劇的な結末を描いた物語だが、現実的には、長い期間、男性が通ってこなくなった場合、女性が心変わりをすることは当然あったと思われる。もっとも、男性のほうは、女のもとを長く訪れていなくても突然やってくるということもしていたようだ。

男性の足が遠のかないように気を配り、努力もしたようです。

　正妻との離婚の場合、通い婚なら夫の足が遠のく、同居しているならどちらかが家を出て行くことで離婚ということになります。ただし、いずれにせよ離婚する場合は結婚のときと同じように、親を納得させる必要がありました。

『源氏物語』では、髭黒大将《ひげくろのだいしょう》が玉鬘《たまかずら》に夢中になり、正妻である北《きた》の方《かた》に愛想をつかしてしまいます。北の方と子どもたちは髭黒大将の邸に同居しており、北の方が子どもたちを連れ実家に帰ることで実質的な離婚となっています。

　また、光源氏の息子夕霧《ゆうぎり》の浮気に怒った雲居雁《くもいのかり》が、子どもを連れて父親のところに家出しています。子どもは夫にとっては政治的な「道具」でもありますから、連れて行かれては困る。夕霧は舅《しゅうと》である頭中将《とうのちゅうじょう》と交渉しなくてはなりません。親同士が決めた正妻と離婚するのは、そう簡単なことではありませんでした。

解説

では女性側がどうしても離婚したいときはどうしていたのでしょう。最後の手段として考えられるのは、出家[*20]かもしれません。

紫の上は光源氏との関係や自身の立場を深く思い悩み、たびたび出家を望みますが、光源氏に許してもらえないままこの世に別れを告げています。出家は、とくに女性にとっては俗世の人間関係や楽しみなどをすべて断つことを意味しました。訪問をやめさえすれば現実的には離婚できた男性よりも、ずっと強い覚悟が必要だったことでしょう。

❀早婚や血筋の近い者同士の結婚は、ごく普通のことだった

3日通えば結婚成立、足が遠のけば離婚など、平安貴族の結婚・離婚は、いまとはだいぶ様相が違います。結婚年齢もその1つ。現代の日本では30歳前後での結婚が平均的ですが、当時は10代での結婚がごく普通のことでした。光源氏も12歳のときに16歳の葵の上と結婚しています。

---

*20 **出家**
摂関政治の確立により出世の道を断たれた貴族の子弟からは、出家し僧侶となる道を選ぶ者が出てきた。

また、『源氏物語』には血縁関係の近い男女の結婚が多く出てきます。光源氏と葵の上は、いとこ同士です。2人の間に産まれた息子の夕霧も、やはりいとこの雲居雁と結婚します。光源氏の2人目の正妻・女三の宮は、光源氏の姪にあたる女性です。こうした結婚は物語の中に限ったことではなく、当時の貴族社会ではめずらしいことではありませんでした。少なくとも紫式部の時代では、きょうだい間の結婚にはタブー意識*21があったようですが、いとこ同士はもちろん、おじと姪、おばと甥との結婚も、ごく普通のことと捉えられていたようです。

また、上流貴族の女性が結婚して出産すると、子どもに乳母がつくのも当時の常識でした。

授乳している間は次の子を妊娠しないという事情もあって、平安上流貴族の場合は授乳は早々に乳母に任せるのが通例でした。早く次の子どもをと期待されたのです。高い身分の女性になると乳母が何人かいて、いわばチームを組んで授乳にあたっていました。

解説

＊21 タブー意識
当時、男色はタブーというわけではなかったようだ。とくに女人禁制の大寺院では「稚児《ちご》」と呼ばれる少年たちが僧侶の性愛の対象となっていた。勅撰集である『後拾遺和歌集』には、稚児への熱烈な思いを詠んだ僧侶の和歌が何首か収められている。また、平安時代末期の公卿、藤原頼長《ふじわらのよりなが》が男色を好んでいたことは、『台記《たいき》』（頼長の日記）の記述からも知られる。

費用は全部妻の実家もち。平安貴族たちのウェディングセレモニー

平安時代の「婿取婚」では、妻の実家が結婚費用を負担します。金銭的な余裕がないとなかなか正妻になれなかったのはこんなところにも理由がありそうです。

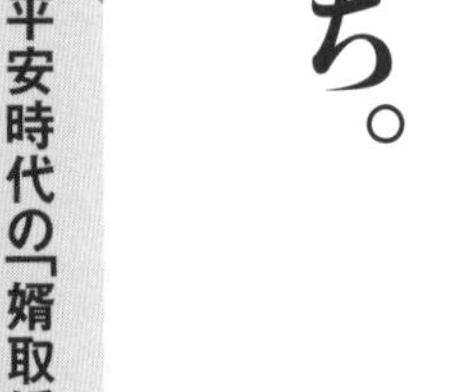

夫の実家は披露宴のお金も出さない？

当時の結婚は、正妻の実家に夫が通う婿取婚でした。新婚夫婦の生活の面倒だけでなく、結婚にまつわる費用もすべて正妻の実家が負担しました。

男性が3日間続けて訪問すると結婚したと見なされ、若夫婦に三日夜餅《みかよのもちい》と呼ばれる餅が届けられます。この餅を用意するのも女性側。夫は妻の家族と顔を合わせ、露顕《ところあらわし》の儀《ぎ》という披露宴のような儀式で親族に引き合わされます。露顕の儀で夫が着る衣装の用意も、妻側が担いました。儀式が豪華な場合は音楽が演

奏されたりしたようで、相当な出費だったはずです。

『源氏物語』で紫の上が光源氏の妻になったときには、光源氏が餅の用意をしています。紫の上は幼いころ親の承諾を得ないまま光源氏が引きとっており、結婚するまで光源氏の邸に住んでいました。女性は通常、裳着《もぎ》の儀を経て結婚しますが、紫の上は裳着の儀の前に光源氏の妻となり、露顕の儀も行われませんでした。2人の結婚のプロセスは、当時の慣習からすればきわめて変則的だったということです。

後々、女三の宮が光源氏に降嫁してきたとき、紫の上は正式なプロセスを踏んで結婚していない自分の立場のもろさを実感させられることになります。

✿夫の身なりを整えるのは正妻の仕事

正妻の家は夫の暮らしのスポンサーでしたが、中でも夫の身なりを整えるのは正妻の大事な仕事でした。

夫が朝廷に出仕するときの正装である束帯《そくたい》、平常服の直衣《のうし》や狩衣《かりぎぬ》など、衣装をそろえるのはもちろん、他の妻たちのもとへ行く際の衣を用意し、香を焚《た》きしめるのも正妻の役目でした。掃除や洗濯、炊事といった家事は使用人にさせていましたが、裁縫は妻が行うことがありました。正装である束帯は位階によって色が決められていたので、染色などにも気を遣っていたでしょう。

奔放な恋愛を楽しむ平安女性

❀『源氏物語』に登場する「恋愛体質」の女性たち

結婚も離婚も男性の気持ち次第。身分が低いと遊び相手にされても文句は言えない。女性は受け身で男性に選ばれるのを待つ立場。紫式部は、そうした価値観の中で生きていました。それでもどこかに、釈然としない思いがあったのかもしれません。『源氏物語』には何人か、奔放な女性が登場します。

例えば、17歳ごろの光源氏が男同士で女性談義をする「雨夜《あまよ》の品定《しなさだ》め*22」の折に、プレイボーイの左馬頭《さまのかみ》が語る「木枯しの女」は、男好きのする女性です。歌は詠めるし手紙も達者。容姿もそう悪くない。音楽の才もあるのでときどき通っていたのに、別の男も彼女と関係していたことがわかります。二股をかけられていた左馬頭は「風流好み

*22 **雨夜の品定め**
『源氏物語』帚木巻で、夏の雨夜、光源氏の友人たちがそれぞれの経験から女性の品評をする場面。

の多情な女には気をつけなさい」と光源氏に忠告します。

木枯しの女は中流階級の女性ですが、上流の姫君である朧月夜《おぼろづきよ》も情熱的です。

偶然の出会いで光源氏と一夜をともにした彼女は次期天皇への入内が予定されていました。しかも、光源氏のいわば政敵の娘でもありました。それでも彼女のことが忘れられない光源氏が再び迫ると、朧月夜はそれに応えてしまいます。禁じられた恋だからこそ思いが燃え上がるのかもしれませんが、立場を考えればずいぶん無鉄砲なふるまいです。光源氏はその後、さらに繰り返した朧月夜との関係により、流罪にもなりかねない窮地*23に陥ります。

❁心の赴くまま、愛することをためらわない

もう1人、高級女官の源典侍《げんのないしのすけ》がいます。

源典侍は50代後半。当時の女性の平均寿命が30代といわれる中、源

*23 **流罪にもなりかねない窮地**
ときの天皇、朱雀帝に寵愛されていた朧月夜との密会を、朧月夜の父である右大臣に発見されてしまう。これにより、光源氏は官位をはく奪されることとなる。

解説

典侍は年齢なんてなんのその。いまをときめく貴公子の光源氏*24に色目を使います。仕事はできるし人柄も悪くないのに、色事に目がないのです。

呆《あき》れて適当にあしらっていた光源氏ですが、彼女にぐいぐい迫られて関係してしまいます。さらには、友人の頭中将《とうのちゅうじょう》まで悪のりして枕をともにする始末。身分もわきまえず、孫ほどの年齢の光源氏にのぼせ上がる彼女は、周囲の笑いものになっています。でも、それを苦にする様子はありません。

源典侍はたくましい女性で、十数年後に尼の姿で再登場。彼女の長寿は、「たいしたことのない人が長生きするとは」と光源氏を嘆かせます。物語中では道化役として描かれる源典侍ですが、受け身でしか生きられなかった女性が多い中で、エネルギッシュなその生き方は異彩を放っています。

現実社会に目を向ければ、当時世間の噂になっていた女性の筆頭は

***24 いまをときめく貴公子の光源氏**
光源氏の女性遍歴を見てみると、もっとも歳若かったのが女三の宮。14、5歳で結婚したとされ、当時、光源氏は40歳ほど。さらに、光源氏が若紫（のちの紫の上）を引きとったのは彼女が10歳ごろ。ただし、夫婦になるのはその4年後。源典侍は50代後半、光源氏19歳ごろにして関係をもつ。

和泉式部《いずみしきぶ》でしょう。受領階級の妻にもかかわらず、夫の留守中に親王と恋愛。親王が病没すると、その弟親王と再び熱烈な関係になります。彼女の恋愛は、人々に格好の話題を提供したはずです。藤原道長が彼女の扇*25に「浮かれ女の扇」と書いたという逸話からも、どんな空気が和泉式部をとり巻いていたのかがうかがい知れます。しかし、からかわれた彼女は、道長にこう突っぱねるのです。

越えもせむ　越さずもあらむ　逢坂の関守ならぬ　人な咎《とが》めそ

（誰と関係をもとうがもつまいが私の勝手。あなたに関係ありません）

和泉式部は世間の人の好奇の的だったかもしれません。それでも自分の思いを貫くのだという彼女の歌からは、源典侍にも通じるたくましさが感じられます。人を愛することをためらわなかった彼女は、自由な精神をもった魅力的な女性だったのではないでしょうか。

解説

***25 扇**　平安貴族は、日常的な道具として檜扇《ひおうぎ》（檜の薄板でつくった扇）を使っていた。『源氏物語』に描かれた扇の印象的なシーンとして、一夜の契りのあと、光源氏と朧月夜が互いの扇を交換する場面がある。

平安時代のルッキズム*26

❀愛を交わしたあとに知る相手の容姿

光源氏《ひかるげんじ》は絶世の美男子という設定ですが、その容姿は「世になく清らなる玉の男御子」「いとおそろしきまで見ゆ」などと描写されるだけで、具体的には書かれていません。後に絵巻などで、美しい上流貴族の顔立ちは引目・鉤鼻《かぎばな》で表現されていますので、光源氏もそのような顔立ちだったのでしょうか。

女性のほうは、平安美人の特徴として引目・鉤鼻、おちょぼ口、色白、下ぶくれなどがしばしば挙げられます。平安時代末期に完成したと伝わる国宝の『源氏物語絵巻』*27は、男も女もみな同じようないわゆる「おかめ顔」に描いているので、これが当時の美のイメージだったのかもしれません。

---

*26 **ルッキズム**
人間の価値において「外見」を最も重要な要素とする考え方。

*27 **『源氏物語絵巻』**
平安時代末期制作とされる源氏物語を題材とした最古の絵巻物。各巻より選ばれた複数の場面が絵画化され、物語本文を添えられている。左図は『源氏物語絵巻』に描かれる光源氏。

ただ、恋愛に関しては、容姿がどこまで重視されたのか定かではありません。

上流の貴族女性は顔を見られないように心がけていた*28ので、男女がお互いの顔を見る機会が乏しい時代でした。容姿に惹かれて恋愛がはじまることは考えにくいのです。『源氏物語』でも、末摘花《すえつむはな》と契った光源氏は彼女の顔立ちを知りません。何度か逢瀬を重ねた末に、ある朝初めてその醜女ぶりを見て仰天するのです。

愛を交わす相手の容姿を知らない代わりに、詠み合う和歌の趣や、薫物《たきもの》の香りなどが恋愛の決め手になったのが平安時代でした。

❁艶のある長い髪が美女の条件だった

しかし、外見についてまったく美の基準*29がなかったわけではありません。

女性の場合、顔立ち以外にいくつか美人の条件とされるものがあり

解説

*28 **上流の～心がけていた**
几帳《きちょう》というわゆる衝立《ついたて》のようなものを立てたり、扇で顔を隠すのが常だった。外出の際には牛車などに乗るほか、市女笠《いちめがさ》という菅《すげ》などで編んだ笠をかぶることもあった。さらに、笠のまわりに帔《むし》という薄い布を垂らして顔を覆うこともあった。

*29 **美の基準**
『源氏物語』では、「たたずまいや所作、振る舞いが美しいことこそが一番だ」というような記述がある。

ました。肌のきめが細かく色白で肉づきがよいこと。スリムなモデル体型は、この時代には好まれなかったようです。

もう1つ、美女の重要な条件*30が髪の美しさでした。髪の美しさは顔立ちや体型以上に重要視されていました。艶のある、長くまっすぐで豊かな黒髪が美しいとされていて、自分の身長より長く伸ばす女性がたくさんいました。髪が薄かったり短かったりする女性は、「つけ髪」を使って整えることもありました。

『源氏物語』では、醜貌の様子が具体的に書かれている末摘花が、髪だけは見事に美しいとなんとも皮肉に描かれています。

歯に衣着せぬ物言いの清少納言《せいしょうなごん》は、自分の髪にコンプレックスがあったようです。初めて宮仕えをしたとき、灯火が明るいので髪がよく見えてしまって恥ずかしいと『枕草子』に書いています。彼女は別の段でも「自分の髪ではないつけ髪が、乱れていてみっともない」と言っています。髪のことを相当気にしていた様子がうかがわれます。

*30 **美女の重要な条件**
平安時代の貴族女性は、なかなか顔を見せることがなかったが化粧は必須だったようだ。髪を梳《す》き、顔には白粉《おしろい》を塗り紅をさし、歯を黒く染め、成人女性であれば眉毛をすべて抜き眉墨で描いた。白い肌は、めったに外に出ることなく、宮廷という昼でも日の光が差し込まない邸で暮らす上流女性の身分の象徴であるとも考えられる。ただし、鉛や水銀系の白粉は毒を含んでいた。

四

平安宮廷の日常を伝える『紫式部日記』

宮中の記録『紫式部日記』

❀その構成は「日記」と「随筆」の集合体

『紫式部日記』はその名のとおり、紫式部が書いた「日記」です。平安朝文学を代表する日記*1の1つといえます。

私たちは日記と聞けば、その日のできごとを毎日書きつづったものを思い浮かべますが、『紫式部日記』の構成は少し違います。

○月○日と日づけ順にできごとが記されている部分もありますが、「消息体《しょうそくたい》」と呼ばれる手紙文体の部分や、日づけがなく断片的なできごとが記された部分も混在しています。私たちが通常イメージする日記とは、やや趣を異にしているのです。

日づけ順に書かれた「日記」の部分は主に、中宮彰子《しょうし》のお産の記録です。出産を控えて里邸《りてい》*2に戻っている彰子の様子からはじまり、

*1 **平安朝文学を代表する日記**　他に、平安時代に成立した主な日記文学としては、紀貫之《きのつらゆき》による『土佐日記《とさにっき》』、藤原道綱母《ふじわらみちつなのはは》による『蜻蛉日記《かげろうにっき》』、和泉式部《いずみしきぶ》による『和泉式部日記《いずみしきぶにっき》』、菅原孝標女《すがわらたかすえのむすめ》による『更級日記《さらしなにっき》』が挙げられる。

*2 **里邸**　実家のこと。

親王誕生後の華やかな祝いや儀式、周囲の人々の様子などが克明に記録されています。一方、日づけのわからない部分には、女房としての心得や自分の心の動きなどが書かれています。日記というよりは随筆に近いのが、この日づけのない部分です。

『紫式部日記』は道長政権の広報誌?

紫式部は『源氏物語』の作者であり、その文才を見込んだ藤原道長《ふじわらのみちなが》に請われて中宮彰子に仕えるようになりました。道長にとって、彰子は権力を維持拡大するための、いってみれば「道具」ですから、彼女の天皇妃としての正当性とともに、賢さや健気さを広く世の中に知らせたかったはずです。その手段の1つとして、道長は紫式部に彰子出産*3の記録を書かせたのではないか、といわれています。

そして、道長は自分こそが彰子の産んだ親王の外祖父なのだ、という表明を世間に周知徹底するためにもこの記録を書かせたのではない

解説

*3 出産
平安時代には、出産までの数日間は加持祈禱が行われた。お産がなかなか進まないときには、産婦の髪の一部を切り落とし受戒させることで無事な出産を願った。

かとも考えられます。『紫式部日記』は道長の広報戦略の1つであり、道長政権のPR本としての役割を担っていたというわけです。

『紫式部日記』を読むと、紫式部が彰子の出産に立ち合い、その様子をつぶさに観察していることがわかります。しかし、そんなことを数年のキャリアしかない新米女房に許すでしょうか。

彰子の出産は、紫式部の宮仕え開始から約2年半後のことです。当初は周囲となじめず、半年ほど自宅に引きこもっていたとされる紫式部ですから、実際には2年ほどしか出仕していないことになります。そんな駆け出しの女房が雲上人である中宮の出産に立ち合ったわけで、「取材」の指令があったとも考えられるのです。

❁彰子や道長を大絶賛する前半部分

広報戦略の1つとして書かれたことを証明するかのように、中宮彰子の出産記録になっている前半部分には彰子礼賛の記述がたびたび出てきます。出産間近の体の辛さを見せず、女房たちに薫物《たきもの》*4を調合して振る舞う彰子。足かけ3日にわたる難産を耐え抜く彰子。紫式部は、「辛い人生の慰めには、このような御方にこそ、探してでもお仕えすべきなのだ」とまで書いています。

道長については、産まれた親王におしっこをひっかけられて相好を崩す好々爺《こうこうや》然とした様子など、こちらも好ましい人物として描かれます。子の誕生から50日目に行われる「五十日の祝い」の日には、道長の屋敷での大宴会の様子が詳述されますが、これも道長の当時の権勢ぶりをよく伝えています。酒の席での貴族の様子については、注意深くほぼ身分順に書かれており、こういうところには政治的な配慮も感じられます。

『紫式部日記』は、道長の偉大さを世間に伝える一助になっており、PR本だとしたらその狙いは的中したといえるでしょう。

＊4 薫物
いくつかの香料を練り合わせたもの。主に衣装に香りをつけるために使われた。平安時代には、貴族たちが趣向を凝らして練香《ねりこう》をつくり、これを披露しその優劣を競い合う「薫物合わせ」を楽しんでいたといわれる。

解説

✿自らの思いも書き残されている

日づけのわからない「消息体」といわれる部分は少しトーンが違い、彰子の出産記録とは異なる内容になっています。宮仕えの辛さを嘆いて物思いに沈んだり、彰子後宮に仕える女房たちが消極的なのはなぜなのかと分析したりしているのです。消息体部分の記述からは、紫式部が内省的で、何事も真面目に突き詰めて考えるタイプ[*5]だったことが見てとれます。

紫式部には、彰子の出産記録とは別に書きたいことがあったのかもしれません。個人的な思いで書いたことが、「公式本」としての出産記録と混ざっていまに伝わった、というのは考えられることです。

一方、「身の憂さ」にとらわれて自宅で過ごしながらも彰子を思う彼女の記述に、日記形式では書けない彰子の好ましさを記したのではないかとする説もあります。女房たちの消極性を分析するのは、面白みのない後宮だという世間の批判への弁明です。そう考えれば、消息

---

*5 **何事も～考えるタイプ**
『紫式部日記』の記録的な部分にも、華やかな行事の折に、天皇の乗り物の担ぎ手が苦しい姿勢のままでいるのを見て、苦労が絶えないのはわが身も同様、と思ったことが記されている。

体部分も含めての広報戦略だといえるかもしれません。

また一方では、将来、自身と同じ世界――女房としての出仕――へ飛び込むことになるであろう、娘・賢子《けんし》への女房心得として著したという見方もあります。宮中でどのような振る舞いをすべきなのか、紫式部独自の鋭い観察眼から忠告しているというものです。

『紫式部日記』は彰子の最初の出産記録から消息体をはさみ、再び短い日記形式で第2皇子・敦良親王《あつながしんのう》の「五十日の祝い」を記録して終わります。その間のところどころには、日づけのわからない断片的な記述がはさみこまれています。

このような形でいまに伝わっている経緯は定かではありませんが、『紫式部日記』が平安貴族の行動や宮中行事を知る貴重な資料であることは間違いありません。それだけでなく、紫式部という1人の女性についても、多くのことを教えてくれます。紫式部が『源氏物語』の作者であるということも、この日記からわかる*6ことなのです。

解説

*6 紫式部が～この日記からわかる
98ページにある宴での藤原公任とのやりとりがその最たるものである。

『源氏物語』も『紫式部日記』も道長なしには生まれなかった!?
『紙』は超高級品

**平安朝文学の頂点を極める作品として
いまも燦然とした輝きを放つ『源氏物語』。
しかしこの作品は、紫式部だけの力では
日の目を見なかったかもしれません。
執筆を支えた人がいたのではないでしょうか。**

✽本づくりは時間とお金のかかる仕事

『源氏物語』は、書きはじめた当初は簡素な料紙（一般的に手紙などに用いられる紙）を使っていたでしょうが、のちに、新しく書き下ろした部分の豪華本が制作されることとなったと考えられます。

印刷技術のなかった当時、『源氏物語』を手に入れるのは大変でした。原稿は、一枚一枚手で書き写したものをとじなければなりませんでした。

『紫式部日記』には、冊子づくりをする場面が出てきます。紫式部が中心となって、能書家が清書した紙と布などを重ね合わせてとじた冊子本を完成させます。この際、紫式部は、清書してもらうために原稿をあちこちに配っています。

当時、紙は高級品でした。たくさんの紙を用いるというのは、とても贅沢なことだったのです。

この豪華本は、一条天皇への献上品だったといわれています。

✿道長がスポンサーに？

当時、親しい間柄では手紙の裏に手紙を書くことさえあったというくらい、紙は貴重なものでした。

『源氏物語』は、いくつかの短編が書かれたのがそのはじまりだろうと考えられています。

受領階級の寡婦であった紫式部が、54帖にもおよぶ大河ドラマを書きあげるのは経済的に難しかったかもしれません。

『源氏物語』の習作的な物語の評判を聞きつけた藤原道長が、紙を与えるなどスポンサーになって執筆を支えた可能性は大いにありそうです。実際、豪華本制作の際には、道長が上質な紙を用意してやったことがわかっています。

さらに、道長はＰＲ本にするために、『紫式部日記』のスポンサーでもあったともいわれています。

彼がいなければ、世界でも屈指の大作『源氏物語』も、『紫式部日記』も、この世に生まれることはなかったかもしれません。

『紫式部日記』に見る男と女

✿自分の学識にプライドをもっていた

いまに伝わる紫式部の逸話*7の多くは、『紫式部日記』に書かれているものです。少女時代に自宅で漢籍を習い覚えてしまったことなど、学問好きなエピソードも日記の中に記されています。

紫式部が博識だったことは、一章でも述べたとおり。『紫式部日記』には、それを匂わす記述が見え隠れします。

「清少納言の学識の程度など、大したものではない」「寂しいときには亡くなった夫が残した漢籍を手にとった」「私を目の敵にする女房に、『たいそう学識があるのよ』と言いふらされて、『日本紀《にほんぎ》の御局《みつぼね》』などというあだ名までつけられた」「中宮様に漢籍をご進講申し上げている」……。

*7 **紫式部の逸話**
紫式部をはじめ、貴族たちは庶民の言葉がほとんどわからなかったようだ。『源氏物語』の明石巻では「見苦しい漁師たちが聞いたことのないようなことをさえずっている……」といった記述があり、それほど民衆と貴族とでは、世界がかけ離れていたことがうかがえる。

これらの記述からは、彼女が自分の学才に自信とプライドをもっていたことがうかがえます。

しかし一方で、そうしたことをひけらかさない、できるだけ目立たないようにして、漢字などもよくわからないふりをしていようとしていた、ということも書いています。紫式部の内向的な性格がそうさせたのかもしれませんが、当時の好ましい女性像に合わせることを意識していたともいえそうです。

❁漢字は男のもの。女はひらがなを使う時代

紫式部が生きた少し前の時代に、日本最古の日記文学とされる『土佐日記』が書かれています。作者の紀貫之《きのつらゆき》*8は、この作品をひらがなで書きました。その書き出しには、こうあります。

「男もすなる日記といふものを、女もしてみむとてするなり」

男が書く日記というものを女の私も書いてみようと思って書くのだ

解説

*8 **紀貫之**
平安時代前期から中期にかけて活躍した貴族・歌人。『古今和歌集』の撰者としても知られる。

というのです。

当時、日記とは男性によって漢文で書かれた公的な記録のことでした。男性がひらがな*9を使って公然と和文を書くことは、和歌を詠む場面以外にはまずありませんでした。

和歌の名手であった紀貫之は新しい表現の形に挑戦したかったのかもしれません。筆者を女性に仮託し、ひらがなという手段を用いることによって、より自由な内容をのびのびと書こうとしたのではないでしょうか。

平安時代は、女は漢字など知らなくてもよいという時代でした。自宅の女房に「漢籍なんかお読みになるから幸薄いのですよ」と言われた紫式部は、そのとおりだなとも書いています。女房は続けて、「なぜ女が漢文なんか読むのですか。昔は漢字で書かれたお経だって読むのを止められたものですよ」とまで言っています。

女性が正式に漢字を学ぶことはなく、漢籍を読むこともよしとはさ

*9 **ひらがな**
平安時代の庶民は、読み書きなどを学ぶ機会も余裕もなかったため、文字は普及していなかったといわれる。

れていなかったことがよくわかります。

❀笛や笙を演奏できるのは男性だけだった

この時代、楽器は貴重な超高級品。音楽*10に関わることができることはもちろん相応の身分があってのことですが、男と女ができることの使い分けは、音楽の分野にも見られます。

彰子《しょうし》の夫である一条《いちじょう》天皇は、笛の名手でした。『紫式部日記』の中には、道長《みちなが》が一条天皇に笛を贈ったという記述があります。この笛は、道長自身が著した日記『御堂関白記《みどうかんぱくき》』によれば、「当代一の名器とされる横笛」でした。

『紫式部日記』には、宴席の演奏では、「左の宰相《さいしょう》の中将（源経房《みなもとのつねふさ》）が笙《しょう》」などという記述もあります。笛も笙も、演奏するのは男性です。一条天皇の行幸《ぎょうこう》*11の際には、船上で奏でられる笛や鼓《つづみ》の音色が松風と一体になってすばらしかったとありますが、これも演奏者は男性です。

解説

*10 **音楽**
平安貴族たちにとって、音楽はきわめて重要な意義があった。楽器や奏法は基本的には家族（親など）から伝授されるもので、いわば「音楽力」は「血統力」の証しでもあった。

*11 **行幸**
天皇の外出。

当時、音楽に関わることのできる階級であれば、男性はすべての楽器*12を演奏しました（ただし、打楽器の担当は身分の低い者）が、女性が演奏するのは琴や琵琶《びわ》などの弦楽器に限られていました。姫君たちは絶対に笛は吹きません。

和歌を声に出して朗詠するのも、男性に限られていました。女性はひっそりと小さな声で話すことが求められたのです。そもそも高い身分の女性たちは、男性に「肉声」を聞かせることなどめったにありませんでした。

男はなんでもできる。女にはできないことがある。男女を差別化して、格差を広げていったのが平安時代でした。そして、そこにいつもつきまとうのは「身分」の差です。

ひっそりとはじまった中宮彰子への漢籍進講

紫式部は、こうした価値観の世の中で生きていました。学があるこ

*12 **楽器**
楽器を奏でることは平安貴族にとって必須のたしなみだった。行事や節目の祝いのときだけでなく、四季を愛でる際などにも貴族たちが集い、合奏した。

とは女性に求められず、かえって評価を下げる可能性さえありました。彼女の中に、「女に学問は必要ない」という価値観に反発する気持ちはなかったのでしょうか。

　紫式部は中宮彰子に漢籍の進講をしていることを日記に残しています。彰子が『白氏文集』のところどころを自分に読ませ、漢籍を学びたがっていらっしゃると拝察したので、誰にも知られないようにこっそりお教えしている、と『紫式部日記』に書かれています。進講がはじまったのは、彰子が懐妊し、里邸に戻っていた*13時期でした。

『白氏文集』*14とは、唐の詩人・白居易の漢詩文集です。71巻にのぼる膨大なもので、平安時代の初期に日本に伝わり大流行しました。中でも、玄宗《げんそう》皇帝と楊貴妃《ようきひ》の悲劇的な愛を題材にした「長恨歌《ちょうごんか》」は長編詩で、ストーリーも起伏に富んでいます。平安の貴族たちに大変好まれたといいます。

「長恨歌」は『源氏物語』へも大きな影響を与えています。例えば、

解説

*13 **里邸に戻っていた**
後宮では、妊娠3、4か月のころになると実家に戻るのが通例だった。5か月目ごろには安産を願って、妊婦用の腹帯である標《しるし》の帯を結んだ。

*14 **『白氏文集』**
社会・政治問題を論じたものをはじめ、日常の中でわき起こる感興を詠じたものや、悲劇的な愛を詠じたものなどから成る。白居易は中国における役人試験「科挙《かきょ》」の最難関である進士《しんし》に合格し、その職務を務めながら30年をかけてこれを編んだ。

桐壺巻では、桐壺帝が最愛の桐壺更衣を失い悲しみに暮れる場面では、「長恨歌」の詩句が引用されています。桐壺帝と桐壺更衣の物語には、その寵愛ぶりから別れのときまで、玄宗皇帝と楊貴妃の物語が重ね合わされています。その世界観は、日本人の心に深く響くものがあったのでしょう。平安時代以降も、『太平記《たいへいき》』*15、『好色一代男《こうしょくいちだいおとこ》』*16など、さまざまな作品にとり入れられています。

しかし、紫式部が彰子への講義の教材として選んだのは、『白氏文集』の中でも「新楽府《しんがふ》」でした。これは「諷諭《ふうゆ》」というジャンルの詩で、政治的な主張が込められている内容でした。

❁とっつきにくい漢詩を教材にしたわけは？

紫式部がなぜ「新楽府」を教材に選んだのかについては、「為政者としてのあるべき姿を模索する一条天皇が、この詩を読んでいたからではないか」とする説があります。

*15『**太平記**』
南北朝時代を舞台にした軍記物語。

*16『**好色一代男**』
江戸時代前期、1682年に刊行された井原西鶴による浮世草子。

一条天皇が愛した故皇后定子《ていし》は漢詩文に造詣が深く、夫婦で漢詩文を話題にしたと伝わります。政治について、意見を交わすことだってあったかもしれません。

夫の考えをもっと知りたい、よき為政者になろうと願う夫の心に添いたい——彰子のそんな気持ちを汲みとったからこそ、紫式部はあえて政治的な内容の「新楽府」を選んだ可能性があります。彼女は、彰子にも夫と知的な会話を楽しむ喜びを知ってほしかったのではないでしょうか。それはまた、女性には学問など必要ないとされ、求められるのは一族繁栄のための結婚と出産だけだった世の中への、紫式部のひそかな反抗心であったかもしれません。

彰子は、出産を終えたあとも紫式部の進講を受けたと伝わっています。一条天皇崩御後には、多大な政治力を発揮していった彰子。うるさ型の藤原実資《ふじわらのさねすけ》*17に「賢后」とまでいわしめた、その実力の礎の第一歩は、紫式部による進講だったかもしれません。

解説

***17 藤原実資**
彰子が一条天皇へ入内する際に和歌を詠むよう道長から依頼されると、他の公卿たちが次々に祝賀の歌を差し出す中、「筋が違う」「騒ぎすぎだ」と言って1人拒んだという。学識に優れ、有職故実にも通じ、道長の専横を批判するなど、権力者にこびへつらうことがなかった実資は、賢人《けんじん》右府《うふ》（右大臣）と呼ばれた。半面、かなりの女性好きであったともいわれる。

男性優位の制度と宗教

❁女性にも力があった奈良時代

平安時代はなぜ、多くのことを男性が決め、女性の意思がほとんど顧みられなかったのでしょうか。

面白いことに、これより前の奈良時代の女性にはもっと政治的な力がありました*18。女性高官がたくさんいましたし、実力のある女官との結婚は男性にとっても魅力的な選択だったようです。ところが平安時代になると、女性の高官や女官夫婦は急速に姿を消していきました。

平安時代の初期、823年ごろだといわれていますが、嵯峨《さが》天皇の皇女だった潔姫《きよひめ》が藤原良房《ふじわらのよしふさ》の正妻となります。彼女は、わかっている限りでは、皇女として初めて臣下と結婚した女性でした。官位のなかった潔姫には841年、「従四位下《じゅしいのげ》」の位階が授けられます。夫の良

---

*18 **奈良時代の～力がありました**
古代日本では、村などの集団、宮廷、国政に至るまで、男性と同様に女性が活躍していた。奈良時代には、推古《すいこ》天皇をはじめ、6人の女性天皇が存在した。

房が昇進すると、彼女も「従三位」となり、その後「正三位《しょうさんみ》」にまで位を上げました。

位階は官人に授けられるものでしたが、高位の夫をもてば妻も高位を得られるようになったわけです。これを機に、女性はできるだけ高位の夫をもつこと、皇族や上級貴族と結婚することが求められるようになりました。それが家の繁栄につながるからです。官人ではない妻にも位階を授ける制度ができたことが、女性を一族繁栄の道具とするような価値観につながっていったのかもしれません。

貴族社会に広く浸透した仏教

もう1つ、男性優位への変化に大きな影響を与えたものがあります。当時の貴族社会に深く根づいた仏教*19信仰です。

仏教が日本に伝わったのは飛鳥時代、6世紀半ばごろだとされています。紫式部の生きた時代よりだいぶときをさかのぼりますが、仏教

解説

*19 仏教

奈良時代後期には、寺院が経済的にも政治的にも力をもつようになっていた。こういった勢力から逃れる意図もあって、桓武天皇は平安京に遷都したといわれる。

は長い間一部のエリートによる学問でした。ところが平安時代に入ると、人々の間に仏教信仰が広まっていきます。

当時、唐で学んだ最澄《さいちょう》や空海《くうかい》*20が教えを広めたことも、その要因だったでしょう。釈迦《しゃか》寂滅《じゃくめつ》*21から2000年後の「末法」*22が近づいていたことから、信仰を深めて極楽浄土で生まれ変わろうという風潮が生まれます。疫病の流行など末法を思わせる数々のできごとは、不安になった人々に精神的なよりどころを求めさせました。

当時の仏教は、現世のことはすべて、前世からの宿縁で決まっているとしています。身に降りかかる不幸は宿命とあきらめ、仏を信仰すれば来世で救済されると説いたのです。こうした教えは、不安におののく人々の救いにもなったはずです。

『紫式部日記』にも、「人が何を言おうが、ただ阿弥陀仏にすがって一心にお経を学びましょう」という記述があります。このことから、紫式部にも仏教に救済を求める思いがあったことがわかります。『源

*20 **最澄や空海**
平安時代に活躍した僧。唐で学んだ最澄は天台宗を開き、空海は真言宗を開いた。

*21 **釈迦寂滅**
釈迦が悟りの境地に達して死んだことを指す。

*22 **末法**
仏法の行われる時期を3つに分けたうちの、最後の退廃期にあたる。釈迦の教えが説かれるだけで悟りがなくなり、修行する者もなく、正しい行いもなくなっていくという考え方。

氏物語』にも出家をしていく人物が数多く描かれています。

❀仏教は女性を劣った存在とみなしていた

平安貴族に広く浸透した仏教は、一方で「女性は男性より劣る」とする宗教でもありました。女性は劣った存在なので悟りが開けない（往生できない）、とまでいわれます。一度男性に生まれ変わることでようやく往生できるのだという思想が、「女人往生」です。

女性は1人では何もできないので、子どものときは親に、成人すれば夫に、夫亡きあとの老境には息子に従うべきだともされていました。こうした教えは、仏教発祥の地であるインドの女性観が反映されたものだともいわれています。

平安時代には、こうした仏教の教えが人々の行動規範にもなっていました。女性は劣った存在であるということを、女性たち自身も受け入れています。女性が優位に立つことは、仏の教えに背くことだった

解説

わけです。

❁『源氏物語』を書いた紫式部は地獄に墜ちた⁉

紫式部の誕生から200年あまりあと、平安末期〜鎌倉初期にかけて編纂された『宝物集《ほうぶつしゅう》』という仏教説話集があります。作者は平康頼《たいらのやすより》[*23]とされています。仏の教えこそが人間にとって第一の宝であるということが、例え話などを交えて語られています。

その説話の1つに、紫式部が登場しています。当時、フィクションである「物語」は根も葉もないつくりごととして、仏教では悪とされたようです。紫式部は『源氏物語』などという絵空事を書き、虚言で人々を惑わせたので地獄に墜ちて苦しんでいる、というのです。紫式部を救うためにどうか写経をしてやってほしいと夢のお告げがあった、と説話は続きます。平安末期には、紫式部が地獄に墜ちたという噂があったようで、『宝物集』は、そうした噂をもとに説話としたのかも

---

*23 **平康頼**
平安末期から鎌倉初期の武士。後白河上皇に仕える。

しれません。

一方で、紫式部を擁護する人もいました。同じく平安末期に書かれた歴史物語『今鏡《いまかがみ》』*24では、「物語をつくることはそれほど重い罪ではなく、『源氏物語』はむしろ人々を仏の教えに導いている。紫式部は妙音観音《みょうおんかんのん》の化身です」と老女が語っています。

こうした動きは、やがて「源氏供養」という文化を生みます。紫式部を供養し、その霊をなぐさめようとするものです。鎌倉時代に成立した『新勅撰和歌集《しんちょくせんわかしゅう》』には「源氏供養」をした際の歌が載っており、実際に供養が行われていたようです。ときを経て、室町時代につくられた謡曲『源氏供養』では、紫式部は石山寺の観音菩薩《かんのんぼさつ》の化身となっています。ここに登場する紫式部は、地獄で苦しんではいません。

絵空事の物語が仏の教えに背く罪なのかどうか、『源氏物語』の評価は分かれるようです。しかし、もし作者が男性だったら、果たして地獄に墜ちたとまでいわれたでしょうか……。

解説

***24『今鏡』**
平安末期から室町前期にかけて成立した「四鏡《しきょう》」と呼ばれる4つの歴史物語の1つ。物語の語り手として150歳を超える老女が設定されており、この老女は作中で「紫式部に仕えた」と称している。かな文字が多く使われており、作者は不明だが、藤原為経《ふじわらのためつね》説が有力。

政治権力に密着する女性たち

❁女系重視だが女性優位ではなかった

平安時代は女系重視*25の社会で、家や財産を相続するのは女性でした。貴族の結婚の形態が婿取婚（夫が妻の家に入る）だったのは、女系重視の表れでしょう。外戚政治が行われたのも女系重視だからです。

この時代が女系を重視した理由には、古代からの慣習や儒教の教えなど、さまざまな要因があるようです。ただし、女系重視＝女性優位ではありません。血筋は女系を重視するけれど、権力は男性にある。だから女性は、男性が権力を握るための「道具」とされたのです。

一条《いちじょう》天皇の2人の正妻、彰子《しょうし》と定子《ていし》。中宮彰子は道長《みちなが》の道具でしたが、皇后定子もまた、道長の兄・道隆《みちたか》の道具でした。定子は道隆の死とそれに続いて兄弟が起こした事件に翻弄され、二女の出産直後に死

*25 **女系重視**
ここでの女系とは、あくまでも女性が親からの財産を所有していたという経済的な面でのこと。

亡するという悲しい運命をたどります。一条天皇の譲位後、東宮になったのは定子が産んだ敦康《あつやす》ではなく、彰子が産んだ敦成《あつひら》でした。『紫式部日記』は、彰子の2人目の息子・敦良《あつなが》の五十日の祝いを記して終わります。描かれたのは、道長が権力の座に向かう勢いと輝きそのままの、豪華で盛大な宴＊26でした。彰子を道具として徹底的に利用した道長は、その後も次々と娘を入内させて栄華を極めます。

❀「道具」に甘んじなかった女性たち

当時の上流貴族は、女児が生まれると大変喜んだといいます。娘を使って外戚になれるかもしれないからです。そんな時代でしたが、中には隠然として力をふるう、たくましい女性もいました。

道長の姉・藤原詮子《ふじわらのせんし》もその1人。詮子は円融《えんゆう》天皇の一粒種である一条天皇を産みながら、「正妻」の座を別の妃に奪われます。すると彼女は内裏を出て実家にこもり、天皇の召還にも応じずに抗議の姿勢を

解説

＊26 **宴**
平安貴族の宴では、来客の格に応じて食事の品数を変えていた。その内容は、アワビやウニ、キジなどの高級食材を塩漬けなどにした保存食がメイン。その他には、山盛りの米飯や吸い物、魚や鳥を調理したものが供された。

示すのです。一条天皇の即位後は「国母《こくも》」として強い発言権をもちました。藤原道隆とその弟・道兼《みちかね》の死後、権力を伊周《これちか》（道隆の息子）と道長のどちらにもたせるかとなった際に、道長びいきの詮子が強く彼を推したことは有名です。

その道長の正妻・源倫子《みなもとのりんし》も強い女性でした。倫子は宇多《うだ》天皇のひ孫にあたり、皇族の血を引く彼女に道長は頭が上がらなかったといいます。『紫式部日記』には、重陽《ちょうよう》の節句[*27]の朝、倫子が紫式部に「これで老化をふきとりなさい」と菊のきせ綿《わた》[*28]を届けた記述がありま す。純粋な心配りからだったのか、はたまた道長との仲を噂された紫式部へのあてつけだったのか……。

宮中の中枢で力をもった女房

平安時代、権力の座から女性が排除され、女性の高官が消滅していく代わりに現れたのが女房です。女房とは、後宮に仕える女官や侍女

*27 **重陽の節句**
9月9日に行われる長寿を願う行事。宴席では、優れた薬効をもつとされる菊の花を浮かべた菊酒を飲んだ。

*28 **菊のきせ綿**
綿を菊の花にかぶせて、花の香りや露を吸わせたもの。

のことをいいます。
後宮はその役割によって、後宮十二司《こうきゅうじゅうにし》*29と呼ばれる12の役所で構成されます。中でも重要なのが、内侍司《ないしのつかさ》でした。常時天皇のそばに仕え、女官の監督、宮中の儀式などを司ります。内侍司は、元来、さほど高い職位ではありませんでしたが、次第に給与と地位が上がり、女房界の花形職となります。この内侍司のトップが、尚侍《ないしのかみ》*30です。尚侍には有力貴族の娘や妻が選ばれるのが通例。尚侍は、天皇の言葉や臣下からの上奏のとり次ぎを務めていたため、男たちは妻や娘から宮廷の極秘情報を手に入れて権力闘争で優位に立とうとしたのでしょう。
藤原道長の娘・威子《いし》、嬉子《きし》も尚侍を務めたあと、天皇妃や皇太子妃となっています。『源氏物語』では、光源氏と関係をもった朧月夜《おぼろづきよ》が女官として出仕し、尚侍となります。出仕したのは、朧月夜の父や姉が彼女の後宮入りをあきらめなかったからです。朧月夜は天皇妃とはなりませんでしたが、やがて朱雀帝の寵愛を受けるようになります。

解説

*29 **後宮十二司**
朝廷の公的な職務を担う役所。詳しくは189ページ。

*30 **尚侍**
尚侍の仕事は男性官人に引けをとらない重要なもので、給与も男性並みに与えられていた。

ハードルは意外と高い みんなが目指した夢の権力者 外祖父摂政

天皇の職務を代行できる摂政。その中でも外祖父摂政は貴族が夢見る最高権力者でした。けれど、外祖父摂政への道のりはなかなか厳しかったようです。

✿「摂政」「関白」「内覧」の違い

摂政・関白が政治的な力をもつ摂関政治が行われていた平安時代ですが、摂政と関白の職務には違いがあります。

当時の摂政は、天皇のすべての職務を代行することができました。天皇が幼いとか病弱といったケースでは、摂政が置かれます。摂政には天皇のもとに集まる文書に目を通すことが許され、決定権や人事権もありました。一方の関白は、あくまでも天皇の補佐役です。文書に目を通し、助言や指南はできても、決定権はありませんでした。

９９５年、藤原道隆、藤原道兼が相次いで亡くなった年に、道長は「内覧」となります。

内覧とは天皇に先立って公文書に目を通す職務。政治の全体を見渡せる立場になるわけで、道長の出世階段の第一歩となりました。また、道長は『御堂関白記』という日記を残していますが、彼が関白になったことはありません。

✽孫が子どものうちに即位するのが条件

道長が摂政になるのは1016年。孫の敦成親王が9歳で即位し、後一条《ごいちじょう》天皇となったときでした。

娘を首尾よく天皇の妻に据え、その娘が産んだ皇子が天皇に即位したあかつきには、摂政として実質的な最高権力者となる。これが外祖父摂政への道のりですが、そのハードルはなかなか高いものでした。

まず、絶対条件は自分に娘がいることです。入内にあたっては、なるべく正妻にさせたい。道長はそのために彰子を中宮、定子を皇后とするごり押しともいえるやり方で、2人を同格の妻としたのです。

そして娘が男児を産むのも必須。その子は天皇の第一皇子であることが望ましく、また孫が晴れて東宮になっても、天皇に即位するときに健康な成人になっていてはまずいので、病弱か、子どものうちに即位してもらう必要がありました。その間、自身も失脚できません。

初めて外祖父摂政となったのは藤原良房《ふじわらのよしふさ》で、866年のことでした。その後、道長が摂政になるまでの150年の間、外祖父摂政となったのは道長の父・藤原兼家《ふじわらのかねいえ》だけでした。

性差を超えて活躍する平安女性たち

✿表舞台には立たないけれど……

平安時代は、男性優位＊31がはっきり打ち出された時代です。女性が歴史の表舞台に出ることはほとんどありませんでした。いま、私たちが知る平安女性貴族たちの多くは、正式な名前すら知られていません。いつどこで生まれ、どう亡くなったのかもほとんどわかりません。当時の社会ではとるに足らない存在だったのでしょう。

ではこの時代の女性たちは、ただひたすら男性に都合よく使われるだけだったのでしょうか。

入内のときはまだ若く心許ない妃だった中宮彰子《しょうし》は、やがて4人の天皇を補佐するほどの政治力を発揮するようになります。道長の姉・藤原詮子《ふじわらのせんし》や妻・源倫子《みなもとのりんし》などのように、家族の精神的な支柱、家を支

＊31 **男性優位**
普通に外出できる男性とは異なり、貴族女性は行動が限られており、自由に外出することもなかった。それゆえ、祭や年中行事などを戸外で牛車の中から見物する「物見《ものみ》」や、寺への「物詣《ものもう》で」は、彼女たちにとって外出できる貴重な機会であり、楽しみとなった。日常生活では、上流の貴族女性であるほど、所作も限られていた。走るなどはもってのほかで、移動する際も立ち歩かず、そっと膝行していたようだ。

える女主人として一目置かれた女性もいました。社会的に、また男性からすればとるに足らない存在であったとしても、自分なりの人生を生きた女性はいたはずです。

女性に表現手段を与えた、ひらがなの発達

純日本的な文化*32が花開いたのも、この時代です。それまで、日本は中国の文化を手本にしていました。中国との交流を担った遣唐使が廃止されたため、とり入れてきた中国文化を日本の風土に合わせてつくり変えようという気運が生まれます。ひらがなが使われはじめたのも、そうした気運の現れでした。

ひらがなが発達したことで、女性も十分な表現手段をもつことになりました。女性は和歌、日記や随筆、物語などの分野で個性を発揮するようになっていきます。

一条天皇の治世は大きな戦乱のない平和な時代で、文化的な素養が

解説

*32 **純日本的な文化** 平安時代の女性貴族の装束は、日本の気候や住環境、生活に応じた独自の裳《も》唐衣《からぎぬ》が発展していく。それまでの礼服に比べ、多くの衣を重ねる形式が発達し、身幅の狭かった衣服がゆったりとしたつくりに変化した。さらに、季節や祝いごとなどに応じてさまざまな色を組み合わせる「重ね色目《いろめ》」が生み出され、各々の美意識が表現された。

ある女性たちが活躍しやすい条件も整っていました。紫式部をはじめとして、宮廷に仕える女房が書き手となる、いわばかな文学＊33の旗手が次々に現れたのです。

❀現代女性も共感できる平安女房の日記文学

平安朝のかな文学の中で、現代に多く伝わるのが女性の手による日記です。その中には、私生活を語るものもありました。親王との恋愛を物語のように記した『和泉式部日記』は、その代表的なものでしょう。

紫式部より少し前の時代に書かれた『蜻蛉日記《かげろうにっき》』も、かなり赤裸々に自身の思いが書かれています。作者は、「本朝三美人＊34」の1人ともいわれた藤原道綱母《ふじわらのみちつなのはは》。藤原道綱は道長《みちなが》の異母兄弟です。つまり、道綱母は、道長の父・兼家《かねいえ》の妻だった女性なのです。

当時の貴族の例に漏れず、兼家には正妻の時姫《ときひめ》以外にも複数の妻がいました。道綱母もその1人でした。道綱母は兼家への思いが大変深

＊33 **かな文学**
平安前期のかな文学としては、かぐや姫を題材とした伝奇物語として有名な『竹取物語』や、在原業平とおぼしき男のゆるやかな一代記で、恋愛や人間模様を描く歌物語として『伊勢物語』があった。いずれも作者不明。

＊34 **本朝三美人**
允恭《いんぎょう》天皇の妃である衣通姫《そとおりひめ》、聖武《しょうむ》天皇の皇后である光明皇后《こうみょうこうごう》、藤原道綱母の3人。衣通姫は、衣を通して輝くほど美しかったためこう呼ばれたという。

く、「他の女に送ろうとしている手紙を見つけた」「自分の家を素通りして他の女のところに行ったので恨み言を並べた」「喧嘩をした。もう来てくれないかもしれない」「病気で伏せっている兼家の元に出かけて行った」と、女心を切々と書いています。なお、道綱は、兼家の息子とはいいながら、異母兄弟の道隆《みちたか》・道兼《みちかね》・道長とは異なり昇進は遅く、抜きんでた才能には欠けていたようです。

少女時代から50歳ぐらいまでを回想した内容がつづられているのが、菅原孝標女《すがわらのたかすえのむすめ》が書いた『更級日記《さらしなにっき》』*35です。成立したのは、『源氏物語』が書かれてから50年ほどあとのことです。

彼女は『源氏物語』の世界にあこがれ、京では女房生活も経験しました。しかし現実は思うようにはいかず、平凡な人生を送ることになりました。ただ、物語に強いあこがれを抱いていた彼女が、『浜松中《はままつちゅう》納言物語《なごんものがたり》』*36や『夜《よる》の寝覚《ねざめ》』*37の作者だったのではないか、ともいわれています。

解説

*35『**更級日記**』
父の菅原孝標が上総の国の国司の任期を終え、ともに帰京した13歳のころから50代までの約40年間を書きつづった回想録。

*36『**浜松中納言物語**』
平安後期に成立した物語。浜松中納言と継父左大将の娘の大君との悲恋が、夢のお告げと生まれ変わりをモチーフに描かれる。

*37『**夜の寝覚**』
平安後期に成立した物語。源氏の太政大臣の娘の中の君と前関白左大臣の息子の権中納言との悲恋を描く。

❀紫式部の胸の内はいかに……

『紫式部日記』の中では、多くの女房たちの人物評*38があります。当時、個々の女性にスポットライトがあたることはほとんどありませんでした。それを思うと、この記述には単なる同僚批評以上の価値があるともいえます。紫式部は同僚女房の性格などを解説しながら、「女性にだって個性はある！」と主張したかったのかもしれません。

また、日記の中では、賞賛の言葉である「めでたし（すばらしい）」が、彰子《しょうし》本人には一度も使われていません。道長一家に「めでたし」が使われるのは、親王誕生にかかわるときだけ。紫式部は心から「めでたし」と思っていたわけではなく、もしかすると、とりあえず形式的に、型どおりにほめていたのでは、という考え方もできるのです。

女性に多くの制約がある中で、紫式部が自分の本心を気どられぬように日記に潜ませていたのだとしたら、そのしたたかさには脱帽というほかありません。

---

*38 **多くの女房たちの人物評**
日記中では11人の中宮づきの女房たちが描かれている。

五

紫式部
ゆかりの地を訪ねて

❁廬山寺 ―紫式部邸宅跡

紫式部が生涯のほとんどを過ごしたといわれているのが、紫式部の曽祖父である藤《ふじ》原兼輔《わらのかねすけ》が建てた邸宅です。紫式部は、ここで幼少期から過ごし、その後、一人娘の賢《けん》子《し》を育てたのです。この邸宅が位置したのが、現在の廬山寺《ろざんじ》の境内を中心とするあたりといわれています。

父・藤原為時《ふじわらのためとき》とともに越前国からこの邸宅に戻ったあと、この地で『源氏物語』を執筆しはじめたのかもしれません。

廬山寺は京都市上京区北之辺町にある天台系の仏教寺院です。山門には「紫式部邸

「紫式部邸宅跡」の石碑がある廬山寺本堂。

宅址」という石碑があります。廬山寺には、「源氏庭」という平安時代の庭園を表現した白砂と苔の庭があります。

紫式部公園　―父・為時の赴任に同行

紫式部は、生涯でただ一度だけ京都を離れて暮らしたことがありました。その地が武《たけ》生《ふ》（現在の越前市）です。父・為時は、９９６年、越前守に任ぜられ越前国へと赴任します。武生は古代から越前国の国府であり、都から国司が派遣されてくる地でした。幼くして母を亡くしていた紫式部は、父に同行し、武生で暮らしました。

紫式部がこの地を訪れたことを記念して、紫式部公園がつくられ、紫式部像・紫式部歌碑などがあります。また、武生には「紫ゆかりの館」という資料館もあります。

ただ、紫式部は心晴れやかに都をあとにしたのではなかったようで、『紫式部集』には都を恋しがる歌が多く見られます。

また、『源氏物語』にも武生のことを記しています。例えば、浮舟巻では、次のような言葉があります。

「武生の国府に移ろひたまふとも、忍びては参り来なむを。（略）」

浮舟の母は宇治に彼女を置いて帰京することになり、母との別れを悲しむ浮舟に、「武生の国府にお移りになっても、こっそりとお伺いしますから」と言葉をかけた場面です。ここでは、武生が京からは遠い地のイメージとして登場しています。

❁石山寺 ―『源氏物語』起筆の地

石山寺《いしやまでら》は、滋賀県大津市の南端、琵琶湖から流れ出る瀬田川のほとりに位置する奈良時代に創建された寺です。

紫式部は中宮彰子《しょうし》から「新しい物語を読

紫式部公園は平安貴族の住居を模した全国で唯一の寝殿造庭園。

みたい」という要望を受け、この石山寺に参籠したといわれます。

紫式部は、琵琶湖の湖面に映える月を見て、須磨の地に行った貴公子が月を見て都を懐かしむ場面を構想し、「今宵は十五夜なりけり」と書き出したという伝説があります。どうやら、平安貴族の中では、直接月を見るよりも酒杯や湖面に映った月を見て楽しむのが風流とされていたようです。

他にも、石山寺は『枕草子』『蜻蛉日記』『更級日記』といった平安朝文学の舞台として、作品に登場しています。

境内には「源氏の間」があります。『源氏物語』を執筆した紫式部の姿が人形によ

石山寺「源氏の間」にある紫式部の人形。

って再現されており、また、境内の高台には「源氏苑」が整備され、紫式部の像も立てられています。

✿紫野 ―紫式部墓所

諸説ありますが、紫式部は、四十代で没したといわれています。京都市北区紫野西御所田町内には、「紫式部墓所」と彫られた石碑があります。墓所のあるスペースは、当時の雲林院というお寺の敷地内にあたる場所でもあります。

墓所内には、紫式部の墓石と石塔、顕彰碑があります。さらに、横には小野篁《おののたかむら》の墓も建てられています。

小野篁は平安時代の貴族で、文人として活躍した人物です。しかし、紫式部は篁が没してから１２０年ほど経ってから誕生しており、２人には直接的な接点や面識はありません。にもかかわらず、紫式部と篁は同じ場所に埋葬されています。これには『源氏物語』と、篁にまつわる伝説が深く関わっています。

１６６～１６７ページで紫式部の地獄行きや「源氏供養」についてお話ししました。

これを受け、彼女の地獄行きを心苦しく思った愛好家たちが、小野篁の墓を紫式部の墓の隣に移動させたといわれているのです。

小野篁には、生前から「あの世とこの世を行き来していた」という伝説がありました。現世と冥途を行き来して閻魔《えんま》大王とも交流があったと伝えられていたため、紫式部を救ってもらおうとしたのでしょう。

引接寺　―紫式部供養塔

引接寺《いんじょうじ》は京都市上京区にある寺で、別名千本えんま堂とも呼ばれています。小野篁が建立したえんま堂を安置したのがはじまりとされています。

「紫式部墓所」入り口。

引接寺内にある供養塔は、１３８６年に紫式部供養のために建てられたといわれており、重要文化財に指定されています。

『源氏物語』や紫式部をもっと深く知る美術館・博物館

国宝「源氏物語絵巻」は、『源氏物語』を絵画化した絵巻。物語が成立してから約１５0年後の12世紀に誕生した、現存する日本の絵巻の中で最も古い作品です。現在では、その一部を徳川美術館と五島美術館が所蔵するのみとなっています。

なお、いずれの美術館でも、「源氏物語絵巻」は貴重な文化財のため常設展示はしませ

引接寺にある紫式部供養塔と紫式部像。供養塔は重要文化財に指定されている。

んが、徳川美術館では毎年11～12月ごろ、五島美術館では毎年春のゴールデンウィークごろに公開されるので、興味のある方は問い合わせてみてください。

京都には、平安貴族の生活や『源氏物語』の物語の場面、邸などを復元した模型や、映像展示が楽しめる源氏物語ミュージアムがあります。

愛知県名古屋市にある徳川美術館。

東京都世田谷区にある五島美術館。国宝「紫式部日記絵巻」も所蔵。

京都府宇治市にある源氏物語ミュージアム。

男性貴族の官職と位階

8世紀初めに定められた大宝律令により設けられたのが二官八省。朝廷の祭祀を担当する神祇官と国政を統括する太政官が置かれ（二官）、太政官の下に実際の行政を分担する八省が置かれた。官職と位階は律令制により体系的に整備されていた。

官名		二官		八省		
位階		神祇官	太政官	中務省	式部省・治部省・民部省・兵部省・刑部省・大蔵省・宮内省	
正一位			太政大臣			公卿
従一位						
正二位			左大臣 右大臣 内大臣			
従二位						
正三位			大納言			
従三位			中納言			
正四位	上			卿		
	下		参議		卿	
従四位	上		左右大弁			
	下	伯				
正五位	上		左右中弁	大輔		
	下		左右少弁		大輔 大判事	
従五位	上			少輔		
	下	大副	少納言	侍従 大監物	少輔	
正六位	上	少副	大外記 左右大史	大内記 大丞		
	下				大丞 中判事	
従六位	上	大祐		少丞	少丞	
	下	少祐			少判事	

平安時代の宮廷女性の身分

		内容	『源氏物語』の登場人物
后妃	皇太后	前天皇の皇后または現天皇の生母。	弘徽殿大后
	皇后	天皇の正妻。皇后は内親王のみ資格があるとされたが、のちに皇族以外からも立后するようになる。	
	中宮	格は皇后と同等。女御から昇格するのが通例。	藤壺、秋好中宮、明石中宮
	女御	従二位以上の、主に摂関家の娘がなった中宮に次ぐ位。	弘徽殿女御（頭中将の姫君）、女三の宮の母、八の宮の母
	更衣	もとは天皇の着替えの役目をもつ女官の職名だったが、天皇の寝所に奉仕する女官を指すようになった。正三位以下の家柄の者から立てられた。	桐壺更衣、一条御息所
女房	尚侍	内侍司の長官。摂関家の家柄のものがなるのが通例。	朧月夜、玉鬘
	典侍	内侍司の次官。	源典侍　など
	掌侍	内侍司の三等官。	

女房の役割と後宮十二司

女房とは、朝廷に仕える女官を指すが、出身階級により上臈《じょうろう》、中臈《ちゅうろう》、下臈《げろう》に分けられた。また、天皇に仕えるもの、後宮の后に仕えるもの、貴族に使えるものとがあった。基本的な役割は、乳母、幼児や女子の主人に対する教育係、男子の主人に対する内々の秘書などを果たしたが、主人が男性の場合には男女の関係となることもあった。

天皇に仕える女房のうち、朝廷の公的な職務を担うのが後宮十二司であった。後宮十二司は職務によって以下のように構成されている。

官司	職務内容
内侍司	天皇に近侍し、奏請と伝宣（内侍宣）、宮中の礼式等を司る。天皇の秘書役ともいえる最重要な役職。学問・礼法に通じた有能な女性が多く任命された。
蔵司	三種の神器や関契（関所の通行証）、天皇・皇后の衣服を管理する。
書司	書物・紙・筆・墨や楽器を管理する。
薬司	毒見役や薬の管理をする。
兵司	兵器を管理するといわれる。
闈司	宮中の諸門の鍵の管理業務を司る。
殿司	輿などの乗り物、灯油・火燭・炭薪などの内部の照明などを管理する。
掃司	清掃などを司る。
水司	漿水や粥を司るといわれる。※漿水とは粟で醸した発酵飲料のこと。
膳司	配膳や試食（毒見も）を担当する。
酒司	酒づくりを司る。
縫司	宮中で用いられる衣装の裁縫や管理をする。

主な参考文献

源氏物語

阿部秋生　秋山虔　今井源衛　鈴木日出男校注・訳『新編日本古典文学全集　源氏物語　①〜⑥』（小学館、1994〜1998）
吉井美弥子『読む源氏物語 読まれる源氏物語』（森話社、2008）
林真理子 山本淳子『誰も教えてくれなかった『源氏物語』本当の面白さ』（小学館、2008）
『別冊歴史読本 源氏物語への招待』（新人物往来社、2009）
大塚ひかり全訳『源氏物語　第一巻〜第六巻』（筑摩書房、2010）
山本淳子『平安人の心で「源氏物語」を読む』（朝日新聞出版、2014）
柳井滋　室伏信助　大朝雄二　鈴木日出男　藤井貞和　今西祐一郎校注『源氏物語　（一）〜（九）』（岩波文庫、2017〜2021）

紫式部、紫式部日記

清水好子『紫式部』（岩波新書、1973）
山本利達校注『新潮日本古典集成 紫式部日記 紫式部集』（新潮社、1980）
藤岡忠美　中野幸一　犬養廉　石井文夫校注・訳『新編日本古典文学全集　和泉式部日記　紫式部日記　更級日記　讃岐典侍日記』（小学館、1994）
秋山虔　中田昭『源氏物語を行く』（小学館、1998）
山本淳子訳注『紫式部日記』（角川ソフィア文庫、2010）
山本淳子『私が源氏物語を書いたわけ 紫式部ひとり語り』（角川学芸出版、2011）
中野幸一『深掘り！紫式部と源氏物語』（勉誠社、2023）

宮廷文化と生活、一条朝の人々

寺田透『日本詩人選　和泉式部』（筑摩書房、1971）
馬場あき子『和泉式部』（美術公論社、1982）
上村悦子『王朝の秀歌人　赤染衛門』（新典社、1984）
服藤早苗『平安朝の女と男』（中公新書、1995）
山中裕　秋山虔　池田尚隆　福長進校注・訳『新編日本古典文学全集　栄花物語　①～③』（小学館、1995～1998）
橘健二　加藤静子校注・訳『新編日本古典文学全集　大鏡』（小学館、1996）
松尾聰　永井和子校注・訳『新編日本古典文学全集　枕草子』（小学館、1997）
吉井美弥子編『〈みやび〉異説『源氏物語』という文化』（森話社、1997）
小嶋菜温子編『王朝の性と身体―逸脱する物語』（森話社、2002）
倉本一宏『人物叢書　一条天皇』（吉川弘文館、2003）
後藤昭雄『人物叢書　大江正衡』（吉川弘文館、2006）
山本淳子『源氏物語の時代　一条天皇と后たちのものがたり』（朝日新聞出版、2007）
佐伯梅友　村上治　小松登美『和泉式部集全釈 正集篇』（笠間書院、2012）
伊集院葉子『古代の女性官僚　女官の出世・結婚・引退』（吉川弘文館、2014）
倉本一宏編『現代語訳　小右記』（吉川弘文館、2015～2023）
山中裕『平安時代大全』（ＫＫロングセラーズ、2016）
山本淳子『古典モノ語り』（笠間書院、2022）

事典、図鑑

古代学協会　古代学研究所編『平安時代史事典』（角川書店、1994）
秋山虔 小町谷照彦編 須貝稔作図『源氏物語図典』（小学館、1997）
林田孝和 植田恭代 竹内正彦 原岡文子 針本正行 吉井美弥子編『源氏物語事典』（大和書房、2002）
日外アソシエーツ編『和歌・俳諧史人名事典』（日外アソシエーツ、2003）
平野邦雄 瀬野精一郎編『日本古代中世人名辞典』（吉川弘文館、2006）
阿部猛編著『日本古代人名辞典』（東京堂出版、2009）
小町谷照彦 倉田実編著『王朝文学文化歴史大事典』（笠間書院、2011）
『和歌文学大辞典』編集委員会編『和歌文学大辞典』（古典ライブラリー、2014）
八條忠基『有職装束大全』（平凡社、2018）

吉井美弥子（よしい・みやこ）
早稲田大学第一文学部卒業。早稲田大学大学院文学研究科日本文学専攻博士後期課程満期退学。博士（文学）。和洋女子大学教授。専門は平安朝文学。著書に『読む源氏物語　読まれる源氏物語』（森話社）、編著に『〈みやび〉異説』（森話社）、共編著に『源氏物語事典』（大和書房）など。

装　幀　　白畠かおり
本文デザイン　井上亮
イラスト　宮下やすこ
執筆協力　中根佳律子
編集協力　株式会社風土文化社（田中祥乃）
ＤＴＰ　東京カラーフォト・プロセス株式会社
校　正　株式会社東京出版サービスセンター
画像提供　フォトライブラリー、PIXTA、ColBase（https://colbase.nich.go.jp/）
編　集　池上直哉

語りたくなる紫式部　平安宮廷の表と裏

監　修　吉井美弥子
編集人　栃丸秀俊
発行人　倉次辰男
発行所　株式会社主婦と生活社
〒104-8357　東京都中央区京橋3-5-7
Tel 03-5579-9611（編集部）
Tel 03-3563-5121（販売部）
Tel 03-3563-5125（生産部）
https://www.shufu.co.jp
製版所　東京カラーフォト・プロセス株式会社
印刷所　大日本印刷株式会社
製本所　小泉製本株式会社
ISBN978-4-391-16082-6